張翎短篇小說集

心想事成

張翎

張翎短篇小說集

心想事成

故事流成一條河

廖志峰
允晨文化發行人

二〇〇七年的春月某日，接到當時主編《聯合報・讀書人版》的小說家蘇偉貞來信，推薦一位陌生作家的長篇小說《郵購新娘》，看是否有機會出版。我認真地讀完了，同時也參讀了這位作家的成名作《雁過藻溪》，心下雖有些許遲疑，但仍很快地決定出版，這位作家就是旅居加拿大的華文作家張翎，二〇〇七年八月，以《溫州女人》在臺灣登場，首度與臺灣的讀者見面。一次無心的開始，後來的發展，卻完全出乎意料，像是小說一樣充滿了轉折。

我起初的遲疑是關於內容取向，故事的時空背景以及小說的敘述語境，與當時的臺灣社會有極大的隔閡歧異，我直覺認為，「郵購新娘」雖然完全貼合小說的主題，卻有點落在時代之後，我想讓它具有一種更開闊的面目和時代感，於是把書中以不同世代的溫州女子，所交錯編織成的人生故事，改名《溫州女人》推出。反諷在此，當年的我以為「郵購新娘」與臺灣的實際情況不符，如今，「外籍配偶」卻已是臺灣社會中維繫傳統家庭倫常中很重要的環節；原來，是我落在時代之後。這本書雖沒有戲劇性的熱烈迴響，卻是臺灣讀者認識張翎的始點，我有時想：如果當年不改這部小說的題目，讀者的反應又會如何？這只是開始，真正影響張翎作家命運的作品是《金山》；我因這部作品，和張翎從此分道揚鑣。二〇一〇年底，我接到張翎寄來的《金山》書稿，對於卷帙龐大的中國移民血淚史，遲疑了一下，沒有馬上決定，命運就此分岔；張翎因為這部作品登上國際文壇舞台，又以更大的聲勢重登臺灣文壇。如果，我當時沒遲疑呢？

然而，我仍然珍惜彼此的出版緣分，張翎於二〇一二和二〇一五年，兩度來臺訪問，我們都會找出時間碰面敘闊，交換出版現況與對文學的看法，她，依然是相識之初，那熟悉的江南水鄉女子。水鄉女子是我對張翎的定調，也是對她小說主角的定調；但這樣的定調準確嗎？水的俏麗溫婉，水的持續堅毅，水的似柔弱而剛強，我在張翎身上看到，也在小說中看見。這當然是一種投射，先入為主，然而，撇開這既定的印象，我其實也沒有其他語彙可以來形容了。張翎出道文壇，一出手就是令人驚豔的中篇小說《雁過藻溪》，然後，一篇接一篇，讓人目不暇給。二〇一一年的《金山》，不但是她創作上的新里程，更是她作為二十一世紀的華文小說大家的奠基之作。《金山》拉開了歷史的沉重帷幕，透進了歷史的凝視，卻也同時開啟更多書寫的故事和可能，等著繼續爬梳。

不過，就在你以為張翎只從事長篇創作時，她同時也寫起了短篇小說，好像是一種調劑，也可說為下一部長篇作品暖身。於是，沉重的歷史感，退到帷幕之後，只剩下被過去或自身歷史牽動的人，像個戲偶般，在人生舞台上，舞出自己的故事。當然，這些主角，仍然以女性居多。這些寫於不同時間的短篇小說，終究還是有一些共同的面目可以辨識，我總看出那個從水鄉走出的女子，攜上簡單行囊，頭也不回地離開家鄉，告別青春歲月，飛越大海的彼岸，從此在他國異鄉，立住腳跟。這樣的一種決絕或堅強，讓我在閱讀《心想事成》時，一再地回到《溫州女人》。是我誤讀嗎？

二〇一四年的諾貝爾文學獎得主，法國作家蒙迪安諾曾說，這麼多年來他寫的，始終只是同一部作品。他的意思是什麼？我想，他創作的核心意念始終不曾改變，那是追尋。我在張翎的不同作品中，也看到這種類似的基調或無法抹除的底蘊，這底蘊是以昏黃的鄉愁為底色，以離散飄萍為形態，以他者為人生角色。離散或他者，是文化批評上的專用術語，然而從字面上和小說中主角的遭遇，其實也不難索解。這部以「心想事成」為題的短篇小說集，總共收錄十篇作品，字數約六萬多字，創作的時間則橫跨二十餘年。這麼長的時間縱深，細心的讀者依然能從書寫的題材和社會背景，推敲出寫成的年代，雖然，就閱讀上說，並非必要，卻也可增進閱讀的興味。張翎作為一名出色的說故事者，小說家，顯現在故事的鋪陳和推進上，她總能緊緊地捉住讀者的目光，讓讀者跟著故事中的主角一起經歷跌宕起伏或錯愕難言的人生，直到雲霧撥開。這種錯愕揪心的情緒，在描寫異國他鄉的生活艱難或人際相處的齟齬時，尤其讓人動容。故事的現實感，不言自明。人如浮萍，尋一角安頓，是如此困難，更遑論相濡以沫的慰撫。張翎的短篇小說情味，尤其顯現在節奏的明快，用語的鮮活，時帶女性獨有的俏麗，別成一種嫵媚，來自溫州水鄉的底蘊。

張翎曾說：女人的每一個故事都是與歷史無言的抗爭；女人的戰爭，有時贏，有時輸。就是這種輸贏抗爭的姿態，讓張翎小說中的主角，充滿著一股力量，以水一般的堅毅柔軟，流出自己的水道，展現出自己的姿態，因此格外扣人心弦。

在邊界，在路上：關於張翎和《心想事成》

楊翠
國立東華大學華文文學系副教授

張翎筆下的人物，經常盤桓於兩端，在家園與異鄉，在離家與尋家，在出走與安居之間，生命風景八方流轉，主體與他自己的靈魂，總是在路上。

都說家族與故鄉是張翎小說的關鍵課題。這當然是，但又不盡然是，「離家者的返鄉進行式」，才是她的文學母題。張翎要問的問題，不是鄉關何處，不是家的圖示，而是靈魂的歸處。一直都是如此。

而那個靈魂的安居所，不曾著落於一方安穩的田土。不是家族，不是國族，不是具體可辨的地理空間，而是一處漂浮、游移、曖昧的中閾地界，一個難以標示座標與位址的所在。

對《望月》中的男女而言，異鄉是現實的景框，接泊漂流的魂體，如此，故鄉的風景物事，才能清晰入夢。對離家的移動者而言，異鄉景框與故鄉物事無法剝離，它們共同組合成「現實」的存在。《交錯的彼岸》與《郵購新娘》中的男女，也都在移動的旅程中，東方西方，西方東方，或者尋根，或者離根，永遠在路上。到了《金山》，混血的艾米回返廣東，以太外婆的「一縷用紅頭繩紮起來的頭髮」為信物，通過更多物件，字畫、夾襖、玻璃絲襪，走進太外婆的生命史地圖，與太外婆的靈魂相互照見。

而《心想事成》中的短篇，表面上與張翎長篇小說中不斷涉及的家族、故鄉的追尋路徑不同，但是，追索的本質是相同的。所有人都在四面八方地移動、遭遇、盤桓、躊躇，他們有時定錨，有時拋錨，但終究都走在追尋靈魂安居所的路上。

《心想事成》中的篇章，敘事手法一貫簡約素淨，沒有太多花俏，然而，主角的人生轉折，卻都帶點驚疑、驚悚、驚險的意味，有時此路不通，有時峰迴路轉，有時安靜靠岸。其中，首篇〈心想事成〉，起了寓言式的效果。小說中，母親錯字連篇的生日賀卡，有如咒語，讓程小玉「心想事程（成）」，險境連連。小說結尾，程小玉夢見自己在村口小溪用力刷洗那張生日賀卡，想洗去「心想事程」字樣，「我把一條溪流的水都洗黑了，依舊沒能洗去那四個字。」

故鄉母親的祝福，變形成為異鄉女兒的現實咒語，《心想事成》以此「驚悚」敘事為開篇，其後的篇章，卻都大逆轉，成為解除魔咒，或者與魔咒共處的故事。因此，小說集以〈心想事成〉作為開篇，作為書名，就「追尋」的旅程而言，就產生了「逆旅」的效果。

如〈女人四十〉中的絡絲，四十逼近，深覺生命田土盡現荒枯，現實只剩責任與怨念。所幸，一切驚痛的黑色畫面，最終證明都是有驚無險的靈魂當機，如果現實是魔咒，絡絲最終選擇了與魔咒共處。〈母親〉中的蘇偉，不是想洗去母親的咒語，恰恰相反，母親的一次探訪，讓他認知到，「自己偷了母親的眼睛，自己的那份光亮，原是踩在母親的肩膀上得來的。」他最終感到難過，而不是愉悅，然而正是如此，蘇偉向母親靠航的姿態，溫柔動人。

都說張翎像張愛玲，我不以為然。張愛玲那種冷然的世故，那種被抽取了溫度的靈魂獨走，看似穿透了世間，卻也割裂了世間。而張翎的世故是溫柔的，她相信生命即使曾經彼此傷害、遠離，也終有相互靠近、煨暖的可能。〈母親〉中的蘇偉是這樣，〈團圓〉、〈棄貓阿惶〉、〈毛頭與瓶〉也都是這樣的故事。

〈團圓〉中的千千，一度墜入浪漫愛的花園，和丈夫致遠分離，最終愛情離去，她獨守荒園，因為婆婆來訪，和致遠再演夫妻，這場戲，引渡千千歸返。〈棄貓阿惶〉中，小楷因失愛而苦，想了結此生，棄貓阿惶在關鍵時刻扯住她，以最後三年的餘生救了她。〈毛頭與瓶〉中，被離棄的外遇第三者虹，本想以一瓶工業用硫酸復仇，卻因為情敵孩子的一句話而得到救贖，脫出復仇的暗黑地獄。

這些小說的結局，都只是淡筆淺墨。虹將裝著工業用硫酸的瓶子，「遠遠地踢到了草叢深處」；致遠只說一句：「兩個人過，好歹強過一個人」；種著小楷落牙的花盆，長出一片小小的三葉草。千千、小楷、虹，都在迷途中獲得救贖，由前愛、棄貓、情敵的小孩，引渡她們歸返靈魂的安居所。小說寫得很內斂、含蓄，沒有狂波巨瀾，沒有厚重色塊，就連救贖，也只是隱隱微光。

這就是張翎的溫柔。這樣的溫柔，在〈玉蓮〉與〈沉茶〉兩部愛情故事中，更是清潤動人。〈玉蓮〉中簡素如蓮的玉蓮，離家當阿玲的保姆，不是為了賺錢，而是為了看世界。她所想像的世界中當然也有愛情，玉蓮遇上來自青海的軍人，為愛走天涯，經歷了丈夫工作受傷、女兒腦膜炎死亡的傷痛，她似乎是後悔了，應該是要後悔了。然而，小說結尾，她問：「你說現在這些兵，哪能和那時候比呢？」無悔的小傲驕，一如她所繡的手絹，兩隻蝴蝶在一蓬荷花上，並肩跳舞。

〈沉茶〉更是一則靜斂芳香，如沉年舊茶般的故事。整部小說就是茶室老闆娘和喝茶男子說話，一來一往，淺淡無波，彷彿只是茶盞上的氤氳水霧。然而讀者最終知道，茶室老闆娘就是男子等待了十年的愛人。十年後，男子依約前來，而女子已失去記憶，有了婚姻，她無意識地不斷繡著蝴蝶，記憶前世，安頓今生。男子最後離去，溫暖地想著：「十年了，她還記得窗簾上的那些蝴蝶呢。」兩人的距離，那麼遠，又那麼近。

〈遭遇撒米娜〉中吳大宇和撒米娜若有似無、卻沒有著落的愛意也是如此。撒米娜離開後，給吳大宇寄來兩句泰戈爾的詩：「天空已有鳥兒飛過，儘管沒有翅膀的痕跡。」錯過，不留痕跡，都無法抹消曾經有過。蝴蝶與鳥兒，總會標示出靈魂家園的方向。

《心想事成》中，每個人都在追尋的路上，在故鄉與異鄉的邊界，在主體與他者遭遇的各種裂縫中。啟程出發，能動上路，或者穿越魔咒森林，或者與魔咒協商共處，過站一處處靈魂的安居所，這就是「心想事程（成）」的終極意義。

「鳥是好鳥，就是話多」

不久前偶然看到黃永玉的一幅鸚鵡圖，上面的題詞是：「鳥是好鳥，就是話多。」不禁莞爾。想起自己的寫作，竟有些貼切之處——我似乎也總有很多話要說，在小說中。

在我早期的作品，如《望月》、《交錯的彼岸》、《郵購新娘》中，我似乎就已經給自己布下了一種陣勢——我喜歡書寫那些幾代人的家族史，人物眾多，枝節繁茂，從鄉間遷移到小城，又從小城遷移到大城，然後兵分多路，跨洋過海，穿越一個世紀的途程，歷經風雨滄桑人間浮沉。

我的筆好像是畫家手裡的特大號狼毫，宣紙永遠不夠大，硯台永遠不夠深，手臂稍不留神，就有可能把筆墨濺到紙外的某一個去處。到了寫《金山》的時節，那就益發不可收拾。記得有一次數過《金山》裡的人物，全書有對話的，竟然就有七十多個，牽扯到的地名，也是數不勝數。我覺得自己就是黃永玉筆下的那隻鸚鵡，患有嚴重話癆，傾訴的欲望鋪天蓋地，絲毫不介意有沒有聽眾。

在長篇小說的間隙裡，我有時會寫一些中篇小說。我在寫中篇小說時相對節制一些，換用了中號狼毫，也時時考慮到宣紙的尺寸。家族史在中篇的框架裡是肯定要越界的，於是我的題材就換成了心靈成長史。可是我的心靈史動不動也會延續幾十年，跨越幾個朝代，甚至幾個國家，比如〈餘震〉、〈雁過藻溪〉，以及〈生命中最黑暗的夜晚〉。這些中篇小說中的任何一個枝節稍加渲染，就有可能演繹成長篇。

我的「話癆」使得我很難適應短篇小說這個形式，總覺得在那個以寸來衡量的憋屈空間裡，還沒容人開篇，任何一個標點、一串句子、一截思路、一個橋段，就有可能如說話時難免出現的口水，飛濺出紙的邊緣，毀了這個故事，或許還有下一個等在路上的故事。所以，在我二十年的寫作路程中，我積攢下來的短篇小說數量少而又少。在書寫這些短篇故事的時候，我得積攢極大的毅力來對付我的「話癆」。我需要正襟危坐，使用最小號的狼毫，屏住呼吸，平穩手腕，咬住牙齒，把傾訴的欲望一口一口萬箭穿心似地吞回肚腸裡去。每次寫完一個短篇，總覺得格外吃力，是因為小心翼翼，也因為意猶未盡。

我這二十年來寫下的極其有限的短篇小說，都已經積攢在這個集子裡了。這個集子收錄的故事中，我自己最喜歡的一篇，應當是〈棄貓阿惶〉。這是一個貓的故事，也是一個人的故事。人在講貓，貓在看人。其實歸根結底，貓的故事就是人的故事。在書寫這個故事時，我依舊是黃永玉筆下的鸚鵡，有很多話，但沒全講。我講了一些，也忍了一些，自己覺得講出來的和忍回去的，都恰到好處。

而〈心想事成〉，則是我最新的一個短篇，它碰觸了當下的中國——那是我多年來不太敢碰觸的題材，畢竟我已去國離鄉多年，即使經常回國，也都是以過客的身分，對當下我總有一些塵埃尚未落定的迷惑。然而這些年裡我看見了無數從小地方來到北上廣拚搏的「鳳凰男」（或者「鳳凰女」），物質世界的需求欲望如毒瘤，壓迫著他們的感覺神經，把他們擠壓成扭曲的人。這樣的印象一年一年地疊加，變成了我心裡的「繭子」，我就有了修整繭子的衝動，於是就生出了這篇題材和敘事風格迥異的小說。

〈女人四十〉、〈團圓〉、〈遭遇撒米娜〉、〈盲約〉和〈母親〉都是我較早期的作品，那時我剛剛從留學生的身分轉換為移民，成為了註冊聽力康復師。這一系列的小說尚帶著留學生涯的新鮮記憶，反映了大陸早期留學生和移民群體的「失根」現象，以及他們處於貧窮艱辛舉目無親的無助境地時所遭受的各種心靈創傷。與臺灣留學生文學相比較，雖然隔了二十年的距離，卻依稀有些親切的呼應。

〈玉蓮〉是這部集子中與我的個人經歷最為貼近的一個故事。在我年少時，我家裡請過一個名叫玉蓮的保姆。由於母親身體虛弱，不能照料家事，又有著不可理喻的潔癖，我們家走馬燈似地換過很多個保姆，大多數我連名字都沒有記熟就已經離開，而玉蓮卻給我留下了無法抹去的深刻印記。一是因為她的年輕和美麗，二是因為她義無反顧的勇敢。在我家工作期間，她和我父親單位裡一名守門的士兵產生了一段驚天動地的愛情，後來竟全然不顧所有人的勸阻，執意跟著那個男人去了貧瘠的青海老家，聽說生活得極不如意。她脆朗的嗓音和笑聲一直在我腦子裡叩擊了很多年，我忍不下那樣反覆的提醒，終於寫了一篇關於她的小說——當然裡邊有很多虛構的成分。

〈毛頭與瓶〉和〈沉茶〉是兩篇可以相互對照著看的小說，因為它們有一些共同點。首先，它們都和我的海外生活經歷無關，講述的是純粹的鄉土故事。其二，兩篇小說都探討了執拗的愛情。〈毛頭與瓶〉裡的虹無法接受志文已經不愛自己的現實，執拗地把毛頭看成是橫亙在他們中間的鴻溝，幾乎釀成了一樁無法挽回的彌天大錯。而〈沉茶〉裡的老闆娘對感情的執拗，卻體現在永遠無法剔除的記憶之中。無論她經歷了什麼樣的生活變遷，也無論她的丈夫用什麼樣的柔情來化解她精神和肉體的隱痛，她始終用失憶作為最強大的鎖，將舊情永久封鎖在了潛意識中，沒有人可以打開，也沒有人可以靠近。

《心想事成》是我迄今為止唯一的一部短篇小說集，也不知以後還會不會有類似的後繼——這也許就是這本書的特殊意義。

是為序。

二〇一七年四月二十日 多倫多

心想事成

×

現在回想起來，我這陣子碰到的所有倒楣事，似乎都是由那張賀卡引起的。

卡是一張生日卡，已經發黃的軟紙板上印著一個穿著紅襖綠褲的大頭娃娃。這玩意兒大概已經在庫房裡壓了二十年了，如今想找一張這樣的賀卡，一定不比找一只限量版的新款路易．威登包包容易。

卡上的字寫得歪歪扭扭的，我得斜著看才不至於暈眼。

阿玉：

初五是你的正（整）生日，我和你爸去楊六的電（店）裡買卡片。我條（挑）了這張，因為那個娃像你小時候的樣子。

北京冷不？好好吃飯，不能惡（餓）肚子。

全家都祝你生日快樂，心想事程（成）。

你大概看明白了，寫卡的人是我媽。

我媽在賀卡說的那個整生日，其實有誤。我今年既不是三十，也不是四十，而是三十五。當然，你假若用四捨五入的方法來計算日子，每一個生日都可以是整生日。

我放下卡，鬆了一口氣。至少我媽沒有在挑我過生日的時候，提起那兩件一想起來就要頭皮發麻的事：一是討錢，二是催婚——嫁一個有北京戶口的人，最好有房子。鳳凰女在大都市裡必然遭遇的兩件事，哪件我也沒能逃得過去。

這樣說也不完全公平。鳳凰女，或者鳳凰男，都有可能遭遇的第三件事，我卻幸運地躲過了，那就是鄉下親戚。自從我考上北京的大學並找到了北京的工作之後，我的老家倒也沒怎麼來過人——都是叫我媽攔下的。我媽這些年在老家人緣的急劇惡化，居多跟這件事有關。

我媽和我的聯絡方式，十幾年裡產生了逐漸的變化。按事件的輕重緩急排列，過去是平信，航空信，電報。而賀卡，則是航空信拐出去的一個華麗分支，一年僅遭遇一次。前幾年我媽有了手機，它基本是用來接聽我的來電的。在我給我媽打電話時，她的手機取代的是平信和航空信的功能；而她給我打電話的時候，她的手機則取代了電報的功能——除非有急事，她極少給我打，怕話費貴。我媽和諸如電郵QQ微信視頻之類的電子通訊手段之間相隔的距離，是一個宇宙。

我去了一趟廁所，回來看見辦公室裡的那幾個丫頭正衝著我嘻嘻哈哈地笑，說程姐你原來姓的是心想事「程」的程啊。我醒悟過來她們都看見了我攤在桌子上忘了收進抽屜裡去的那張賀卡。我在公司對自己身分的介紹僅限於老家在溫州，但沒人知道從溫州機場或溫州火車站下來到我家，至少還要轉兩趟長途汽車打一趟摩的[1]。我媽現在幾乎不寫信了，即使寫，也都是寄到我北京的住家地址的。這次我剛搬了家，還沒來得及告訴他們新地址，沒想到我媽會照著我丟在家裡的名片上的地址把賀卡寄到公司。這張賀卡上的地址和錯別字赤裸裸地暴露了我在鳳凰女色譜上的深淺程度。

還要過幾天我才會發現，我在公司裡不再是程姐，或者程小姐，或者程小玉。所有的人都叫我「心想事程」，當然是在背地裡。

辦公室的這幫女孩子平均年齡比我小十歲左右，正處在心眼還沒長全的階段，我和她們的區別，在於我的心思比她們多了幾片芽葉。我知道我不能和她們急，一急就表明了我在意。我鎮靜了一下，沿用她們嘻嘻哈哈的語氣，說在有些國家裡，偷看人家私信是要坐牢的，你們這群法盲。她們說好啊好啊，程姐，我們馬上去坐牢，白吃白住不好嗎？還省得天天看阿姨的臉色。

大家散了，一整個上午，我的心裡卻都堵著一隻蒼蠅。

吃午飯的時候我忘了帶手機，回到辦公室我發現郵箱裡有六封郵件，手機裡有三條留言，都來自阿姨，都是催產品代言會的宣傳文案的。那個會假如按照最理想的速度最順利地進展，也將在七天零六個月之後召開。也就是說，現在和那個活動之間的最短距離，是兩個季節，這中間有可能發生地震、海嘯，或者第三次世界大戰。我總懷疑阿姨讀小學的時候沒學好算術，在數字的概念上一塌糊塗，甚至比我不識幾個字的老媽還要糟糕，越遙遠的事情她越揪心，而擺在眼前的事她倒能順手就忘。

阿姨的稱呼可能已經讓你產生了誤會。她不是掃地擦桌子端茶遞水送信的那種阿姨，她來自香港，有博士學位，是我們公司新聘任的市場部總經理，也就是我的頂頭上司。阿姨的全名叫王清憶，她的香港同鄉在非正式場合裡管她叫阿憶。而我們對她的稱呼則靈活而多元，當著她的面時我們管她叫王總，當著公司其他頭頭的面時我們管她叫王頭，而在確定沒有叛徒在場的時候，我們就叫她阿姨。

我從包包裡抽出一片口香糖，想把嘴裡那股蒜烤魷魚的氣味去除，剛嚼上兩口，電話就響了，是阿姨。

「看見郵件了嗎？」她問。

我努力把上下牙從口香糖的糾纏中分離開來。

「還沒呢，王總。」我口齒不清地說。

我撒了一個謊，過後追悔莫及，因為阿姨在電話上把郵件和留言的內容又重複了一遍，再加上了無數的注釋見解和延伸，細緻到毛孔。阿姨的指示很長，聽筒幾乎把我的耳朵烤出一個燎泡。放下電話，我忍不住感嘆：若把阿姨的講話錄音整理出來，本身就是一份文案草稿，她何苦雇我打下手？

對了，我還沒來得及給你介紹我在公司裡的角色。我的職責分工很複雜，寫全了大約需要三頁紙，大致來說是天天給人塗脂抹粉，偶爾參與救火，有時熱場填空，經常收拾殘局。我這樣的職務在人力資源部門有個好聽一些的名稱，叫文案策劃。

放下電話，我的太陽穴裡有兩只鼓錘在咚咚地砸著鼓。一整個下午我絞盡腦汁，卻沒有寫出一行讓我自己看得過去的文字。拿出鏡子補妝的時候，我嚇了一跳：我發現我的腦門小了一圈。

我給王匡原發了一條微信：「晚上六點半在川味火鍋見，一分鐘也不能遲。」

和王匡原相處就有這點好處：用不著浪費時間，我一錘子可以定乾坤。

王匡原是我目前的男朋友，是我一年多以前在一家電影院裡勾搭上的。對不起，我今天腦子不夠使，說話淨犯迷糊。動詞沒用錯，的確是勾搭，錯在主語和賓語的位置上——是他勾搭的我。那天我心煩，一個人去電影院看了一場連名字也想不起來的電影。他也心煩，也是一個人。當他偵查清楚我的確沒有陪伴之後，就跨過我們之間的三個空位置，坐到了我旁邊。他對我說的第一句話是：「你的包包很有韻味。」那天我背的是一個潑墨山水帆布包，不是名牌，不值幾個錢，他誇得我很妥貼。誇一個人的包包是最安全的溜須方法，因為你捎帶著誇了主人的眼光和品味。退一萬步說，即使把馬屁拍到了馬腿上，包包也沒法回嘴。

在我們勾搭成姦之後，我曾問過他是不是對每一個單身女孩都說過同樣的話。他圓睜著一雙無辜的大眼睛，說你真複雜。他到底也沒有正面回答我的問話。

我之所以把他稱為我「目前」的男朋友，是因為他只能是我生命某個階段的充填物，或者說，備胎。他的老家在山東，他目前是一家銀行的客戶經理。工資和業績親密掛鉤，好的時候可以一個月買一只香奈兒包包，差的時候僅夠填飽肚皮。他和我一樣，買不起車也買不起房，他名下的全部財產，只是一張租房合同，兩只裝衣服的箱子——一只裝洗過的，一只裝待洗的，一把電子吉他，一本《海子詩集》。有一天他把海子的〈春暖花開〉[2]隨意譜在吉他曲子裡唱給我聽，竟然把我聽哭了。可是我總不能嫁給一把吉他，一本詩集，一副略帶磁性的嗓子吧？

況且，海子已死，我還活著。

昨天王匡原告訴我，待我過生日時，他會送給我一個意外的驚喜。去年他也是這麼說的。去年我過生日時正好是我們認識的第四十九天——那是他說的，我從來沒數算過。他寫了四十九張紙條，不同的顏色，不同的紙質，記載著他認識我以來每一天的心情。他把這些紙條折疊成各種花樣，放在一個寶藍雜明黃的琉彩玻璃瓶裡，當作花送給了我。我躺在床上一張一張地拆那些紙條，上面的話有些酸，看得我幾乎哭濕枕巾。那一夜我差一點拿起手機給他打電話，告訴他我想嫁給他。可是臉頰上的淚一乾，心也跟著冷了。我總不能做他的水母，為他的指頭在吉他弦上劃出的每一根弧線，為他朗誦海子詩句時每一個揪心的停頓，為他每一句落到心尖上的好話，獻上我一輩子的淚水吧？派做這種用場的眼淚，一輩子不能沒有，沒有是白活了；可也不能天天有，天天有就是活膩了。

所以，當他告訴我他還有一個驚喜等在路上時，我只雲淡風輕地一笑。離我的生日還有五天，每天我都想對他說今年我不要驚喜，去年我已經把一輩子的驚喜都預支光了。今年我希望有一輛車，不要寶馬，不要奔馳，只要一台小小的坐得下我們兩個人的奧拓[3]，讓我不用在下班累得賊死的時候，為了和他約會還得擠兩趟地鐵再打一趟滴滴[4]。

當然，若是一張房契便更好。哪怕是一居室，哪怕在五環外，我們就可以不用每次趁著室友不在的時候偷歡。這種偷歡給我留下的長遠後遺症，就是明明可以正大光明地幹的事，我也喜歡偷偷摸摸——那是習慣使然。

地鐵非常擠。地鐵永遠是擠的，地鐵很靠譜，很少給人驚喜，只是今天比往常更擠。我被兩個男人夾成一張紙，渾身的肌肉繃成一根根鋼絲，努力收緊身上的每一個凸出部位。下班時走得匆忙，忘了換上運動鞋，腳趾頭被高跟鞋尖箍在一處的感覺，讓我想起被麻繩五花大綁的滷豬蹄。

這時我的手機響了起來，耐心，持久，永不言棄。我無法騰出手來掏包，胳膊沒有鬆動的空間，腦子也沒有。我任由鈴聲停了再響，響了再停，把我的帆布包包（還是去年的那一個）鑿出一個個的洞眼。

地鐵終於把我一程一程地送到川味火鍋店門口。挑了這個地方吃飯，是因為它味正。當然，更因為性價比。我遠遠就看見王匡原等在那裡。中等偏高的個子，夾克衫的前襟敞開，送出一個關於肌肉的隱約暗示。假若頭髮能和摩絲產生更好的合作關係，他幾乎算得上英俊。我從沒把他太當真，可這一年多裡我也沒遇上什麼像模像樣的男人。也許是因為他擋在我的道上，我看不見別人，別人也看不見我。一葉障目。對，就是一葉障目。尤其是，當這片葉子還算順眼的時候。

他看見我，急急地跑過來，接過我肩上的包。他正想把一隻空閒的手習慣性地搭在我的腰肢上，我聽見自己大吼了一聲：「不要碰我！」門口的服務生用眼角的餘光掃了我們一下，假裝沒有聽見。王匡原沒說話，只是怔怔地望著我，眼神無辜，也無措。

那是一雙什麼樣的眼睛啊，像是被一層隱形的優質保鮮膜包裹著，任世上什麼樣的泥塵汙穢也無法滲透。

我的心軟了，嘆了一口氣。

「累。」我說。

我們坐下來，他脫了我的鞋子，把我的腳擱在他的腿上，開始給我調蘸料，涮豬腰子——那是我最愛吃的玩意兒。

「七下剛好，八下就老了。」他說，火鍋的蒸氣在他的臉上熏出一層接近橄欖色的油光。

多麼羨慕他啊，可以把苦巴巴的日子過成一朵花。可是我不行，我們不是同一物種。

包裡的手機突然嘟了一聲——那是信息提醒。我這才想起那一串鍥而不捨地追了我一路的電話。打開手機，有四個未接電話，一個留言，一條短信息。留言和短信息是同一件事情的重複，只是信息失去了語氣的佐助，顯得更為乾澀。

明天早上九點，會議室見面討論文案。

這是阿姨的話，又不全是。阿姨真正想說而沒說也不必說的話是：今天晚上你把文案趕出來，你可以選擇熬夜，或者通宵不眠。

我的腦子轟地一聲炸了開來，我聽見碎屑掉進火鍋裡發出的滋滋響聲。

我想也沒想，就回了一條信息，沒有標點，沒有停頓，一氣呵成：

我爺爺死了我是他的長孫女我必須在場我正在趕往葬禮的路上

然後我關閉了手機。

我當時絕對沒有想到這條信息將要引發的一系列後果。

回家的路上我無比興奮，在地鐵上全然不顧其他乘客的眼神，吊在王匡原的脖子上，笑得渾身直顫。我在這家公司工作了七年，得到過小頭（我指的是阿姨之前的那個）無數次稱讚和大頭兩次公司年會上的提名表揚。可是我把七年裡所有的日子都搜尋了一遍，竟然沒找著一個比剛才更痛快淋漓的時刻。

王匡原有些難堪，但他沒挪開身子。他只是用手輕輕拍著我的背，彷彿他是我爺爺，或者，我是他的貓狗。

「你真，胡鬧。」他說。

「做壞事，真的，很容易。」我說。

那晚回家我把音響開得山響，痛痛快快地洗了一個熱水澡，並在龍頭底下荒腔走板地吼了幾句周杰倫。然後，我關掉水龍頭，關掉電吹風[5]，關掉音響，關掉每天都放在一個設置上的鬧鐘，關掉室友張在半路的嘴，關掉一切有可能發出聲響的物件，鑽進被窩，立刻墜入黑甜鄉。第二天一睜眼，已經是十點三十七分。

我洗過臉，吃過早飯，敷了一個青瓜面膜，然後打開電腦，慢悠悠地開始寫文案。當阿姨的磁場不再干擾我的磁場時，我發覺我文思泉湧。明知道這個文案從此刻到實施的六個月中還會經歷七七四十九次面目全非的修整，我還是忍不住把每一個詞每一句話每一個標點都修改到悅目賞心的地步。

改完最後一個標點的時候，已是下午三點半。我沖了一碗泡麵，一邊等著麵條鬆軟膨脹開來，一邊打開手機。我期待看見阿姨九千九百九十九條留言，結果一條也沒有。只有五六個節哀之類的問候，都是同事微信群裡發的。唯一的一個未接來電，來自我媽。

我知道要是沒有大事，我媽不會輕易在上班時間給我打電話。我渾身的汗毛錚錚地炸成了針，撥回電的時候指頭在簌簌發抖。

「阿玉，你在北京結下了什麼仇啊？」我聽見電話那頭我媽氣急敗壞的聲音。

我一頭霧水。

「有個叫王清憶的，是你什麼人啊？」我媽問。

我的心一下子扯到了喉嚨口。

「她，她怎麼啦？」我顫顫地問。

「她咒你爺爺呢，大清早送來一個花圈。」

我費了半個小時用一個又一個前赴後繼的謊言，終於把我媽安撫了下來。那天我才第一次發覺，我的腦子不是一般的管用，尤其是在救火的時候，每一個細胞都各司其職。不，是超常發揮。

放下電話，我蹲在地上，笑得抽成一團亂線。笑完了，不知怎的，心裡有點空。

我從阿姨的眼皮底下偷走了兩天半的時間。準確地說，是三天，但其中有半天是在為她幹活，不計在內。這三天裡我不敢出門，肚子餓了就叫外賣，不敢接手機，也不敢留下任何可追尋的電子蹤跡。那兩個晚上我都和王匡原混在一起，兩人躲在我的小房間裡滾床單，滾累了就趴在床上翻來覆去看《泰坦尼克號》[6]的影碟，直到我們幾乎可以背得下甲板上那個橋段裡的每一句對白。

最後一個晚上王匡原走的時候，神情有點古怪。到了電梯門口，又停下，轉過身來看著我，欲言又止。在被我踢了一腳之後，他才開口。

「小玉，假如傑克沒淹死，你覺得他和露絲，有戲嗎？」他問我，眼睛卻沒有看我。

「你到底想說什麼？」我說。

「你知道我想說什麼。」他依舊沒有抬頭看我。

「那得看露絲是什麼年紀。露絲要是十八歲，多半有戲。露絲要是四十歲，那就難說，因為露絲已經沒有機會，翻身。」

我看著王匡原走進電梯，腦後有一撮被床單揉亂的頭髮，隨著他身體的動作一蹶一蹶的，像兔子的尾巴。

早上我起床洗臉的時候，發現了這三天休整帶來的驚人後果：鏡子裡的我面色水靈，唇紅齒白。我用略微深色的粉底蓋住了臉頰上的桃紅，又用手指潤著眉筆在眼睛之下抹出兩個黑眼袋，才背著包包出了門。

那天我在公司的表現可圈可點，接受哀悼時神情憔悴麻木，是少一分不及，多一分太過的恰到好處。我甚至懷疑我當年是否填錯了高考志願，假如我填的是中戲或者北影，我說不定已經在某個電影節的紅地毯上亮過相了。

我去了阿姨的辦公室，對那個被我媽忿忿地燒成灰燼的花圈表示了最誠摯的謝意，並不失時機地告訴她：即使是在治喪期間的一片混亂中，我也沒有忘記她布置給我的任務，我把文案趕出來了，在碎片一樣的時間裡見縫插針。

當我把那六頁紙的文案呈現給她時，我發覺她的眼睛裡浮起一絲茫然的神情，彷彿在努力搜尋一件久已忘卻的舊事。

「哦，那個事啊，不急，放這兒吧，我有空再看。」她揮揮手，示意我把文案放到桌角一個金屬文件架上。

那一刻我的舌尖聚集起三千九百句對她母親的親切問候語。它們找不到出口，就在我的腦門上鼓出一個赤紅的包。

我最終無言地回到自己的辦公桌，這才幡然醒悟：我浪費了一個如此天衣無縫的謊言。我本該把它留著用在將來某個更加急迫的場合的。

我到底還是，沒有經驗。我心想。

我剛坐下，撥成靜音的手機就震動起來，低頭一看，又是我媽。

有過了那天的經驗，這次我就不再那麼一驚一乍。天大的謊我都圓過了，接下來都不過是麥餅上抖落下來的芝麻。

「什麼事，媽？」我盡量平靜地問。

電話那頭沒人說話，我只隱約聽見了抽鼻子的聲響。

「你爺爺，走了。」半晌，我媽才開口。

我怔了一下，一時沒聽懂我媽的話。或者說，我的腦子聽懂了，我的心不想聽懂。

「去了，哪兒？」我問。

「沒了。昨天晚上還跟你爸喝了半斤米酒，早上一摸，冰冷鐵硬了。」我媽的聲音裂開了好幾條縫。

「都是那個王什麼妨的，送錯花圈，她怎麼就沒送到她自己家去？」

「你趕緊回來吧，你那兩個妹妹是廢物，管不了事。」

我媽的詞語漸漸失去了邊界，一個跟一個地混淆在一起，我耳邊只是一陣嚶嚶嗡嗡的嘈雜聲，彷彿飛著一萬隻蜜蜂。

怎麼，可能？我那個胃口好得像豬身子壯得像牛的爺爺，怎麼可能，就這樣沒了？

我伏在桌子上嚎啕大哭。

辦公室的人聽見響動圍攏來，紛紛問我發生了什麼。

我猛然想起來，我不能告訴他們真相，我已經預支過了屬於我爺爺的哀傷。

「王匡原，得了病，需要住院手術。」我脫口而出。

其實在那個時候，肚腹裡同時奔走著好幾個藉口，只是王匡原的那個走得最快，第一個走到了舌頭。

說完了我才意識到這個謊言可能存在的風險。什麼病？哪個階段？怎麼治？過程？費用？預後？我馬上預見到了可能會蜂擁而至的問題。關於死人的謊言很簡單，是一條決絕而狹窄的死胡同；而關於活人的謊言有一千條歧路，哪條路都可能布著陷阱，充滿著隨時需要填補的漏洞。但話已出口，我已經沒有回頭路可走。

「我只有明天見過醫生，才能知道進一步的詳情。」

我用這句話堵住了她們的嘴，儘管是暫時的。以後的事只能走一步想一步。

當我再次走進阿姨辦公室時，我兩眼紅腫如桃。這次，沒用任何化妝品。

她驚詫地抬頭看了我一眼，說怎麼了？還在想你爺爺？

我的嘴角抽搐了一下，我知道那是哭的先兆。

千萬，別在，她面前，哭。我嚴厲地告誡自己。

可是沒用，我的神經鬆了，再也繫不住淚腺。

她沒勸我，聽任我窸窸窣窣地用了她半盒面巾紙。

「七年了，在公司，我只休過一次年假，五天。」

「你可以去人事部調出勤紀錄，沒請過一天事假，這麼久，除去這三天。」

「從來沒有誤過，一個文案期限，七年。」

我聽見自己的聲音鑽過千山萬壑，嚅嚅地爬出舌尖和牙齒之間的那條縫隙，柔弱，蒼白，毫無底氣。

「想說什麼，就說。」她神色平靜地說。

她的磁場嚴重干擾了我，我發現從我腦波段裡發出的，全是些破布絮般的雜音。

「開刀，住院，情況不好，我男友。三十五歲，我，剩女，不好找。」

天，我竟然在沒有任何威逼的情況下跳進了自己編織的網羅，把自己和王匡原不可分割地綁在了一起。

阿姨長久地沉默著，我看見她額角上有一根筋，在輕輕地跳動著。噗嗤。噗嗤。噗嗤。我知道那是兩股想法正在彙集人馬，兵戎相見。

「這種情況，不是一天兩天可以解決的。長假的話我們需要請人替你。」半晌，她才說。

我從她的話裡找到了一條剛好容下我身子的縫。

「短假，短假。我只要三天，甚至，兩天半，一旦明確了治療方案，接下來的事會找護工。」我急切地說。

我已經把從北京到溫州的整張行程表都在腦子裡過了一遍。來回都選夜裡最後一個航班，假如不轉長途汽車而提前安排人駕私家車來機場接我，那麼我在家至少還能待上兩整天，甚至兩天半。

我在機場上發了一條微信告訴王匡原我的突發行程。我只說了爺爺的死，卻沒提他被生病的事。

葬禮期間發生的一切至今回想起來都是模糊不清缺乏細節的，如同是一部老電影的片尾部分，隱隱只記得幾個飛來飛去的斑蚊。我父母對我的期待大部分都落了空，除了付錢之外，我對鄉俗裡操辦白喜時需要面對的一萬條規矩一竅不通。真正管事的，還是那兩個被我媽輕蔑地稱為「廢物」的妹妹和她們的丈夫。離家十七年了，站在熟悉的景物之前我卻是個外鄉人。家是一條河，我走，它也走，只是等我回頭的時候，我已不是原來的我，水也不是原來的水，我們彼此感覺陌生。

回北京前，我一個人在爺爺的墓前坐了半天。我爸是我爺爺的長子，也是獨子，我奶奶死得早，我爺爺一輩子都和兒子一起生活。我是我爸的長女，也算是我爺爺的半個長孫，因為我父母努力了二十年也沒能給爺爺生下一個真正的孫子。我爸爸早年一直在城裡打工，我是在爺爺的背上長大的，五歲之前我還一直以為爺爺和爸爸是同一個意思。

我十八歲離家上大學時，爺爺把我拉到門外，悄悄告訴我一個驚人的祕密：他手頭藏著一根金條，要等到我結婚的時候送給我做嫁妝。這些年我每一次回家探親，爺爺都用期待的眼神詢問我是否到了處置這根金條的時候，我一次又一次讓他失望。我幾乎後悔今年回家過年時沒帶上王匡原。在北京的這些年裡，我為比這小得多的事情都撒過謊，我為什麼就不肯給爺爺哪怕是一個虛幻的希望呢？爺爺等了十七年，把我和金條都等老了，也沒等到把它交到我手裡的時候。他一直沒告訴任何人金條的來源和藏處，因為他對自己的身體很有把握。他以為他能活到地老天荒，活到我生下一筐豬玀。

假若不是我那個一時衝動的謊言，興許，爺爺還在。

世上唯一管我叫阿囡的那個人去了。那個我每次回家他都會把自己灌得爛醉，我每一次走他都會把我的箱子扛在肩上和我一起站在路口等摩的的人，已經化為了輕煙。我發覺我竟然沒有眼淚。眼淚並沒有遺棄我，只是眼淚和生命一樣，都是有定數的，我把它浪費在了不值當的地方。它本該灑在爺爺墓前的，我卻把它送給了辦公室。

回程的路上，我才想起我的生日已經過了，王匡原居然沒有給我打電話。我突然覺得我很想得到一個生日禮物，哪怕是另一個裝滿了紙條的玻璃瓶。前兩天他給我打過無數個電話，我卻一直沒有接。

我在登機前給他打了一個電話，無人接聽。到北京已是半夜，我又連接給他打了幾個電話，依舊無人接聽。這是我們認識以來絕無僅有的稀罕事。通常我的電話就是他的集結號，無論是半夜，無論是凌晨，無論他在刷牙，在撒尿，在做任何可以示人或者不可以示人的事情，他都會立即接聽。即使不能立即接聽，也會在幾分鐘之內回覆。

我的心裡開始泛上隱隱一絲不安。

第二天早上，我一到單位就給他的銀行分機打了個電話，接電話的是個陌生的男聲。

「王先生不在。」

那人像一管快要使完了的牙膏似地，擠起來很是費勁。在我一環接一環的逼問之下，他終於一口一口地吐出了實情。

腎結石，急性發作，昨天，在單位。住院，手術，有可能今天，還不確定。北醫三院……

我的腦袋嗡的一聲，手機掉落在地上，玻璃面裂成一張蜘蛛網。一個輕浮的隨意的謊言，再一次被我演繹成了嚴酷的現實。

我再也沒有假期，可以用來照料這個可憐的被我提前預約了疾病的人。即使王總，或者王頭，或者阿姨，不為難我，我也不可能再給公司提供另一個藉口。不是我不能，而是我不敢，我怕心想事成。我不能為了照料因我致病的那個人，而去詛咒另外一個無辜之人。一個謊言需要另外一個，甚至一群謊言來遮掩彌補，每一個謊言一經過我的嘴，便將成為事實。我的嘴是茅坑，是墨池，是地獄，我唯一可以斬斷這個歹毒的怪圈的方法，就是停止製造心願和藉口。

我沒有請假，只是在下班之後直接趕去了醫院。手術是在早上做的，麻醉的效應雖然過去了，他依舊半睡半醒。聽見我的腳步聲，他朦朦朧朧地睜開了雙眼。

「疼嗎？」我問他。他的頭動了一動，看不出是點頭還是搖頭。

「很多個電話，我打過。」他口齒不清地說。

「忙暈了。」我說。

我看見他的床頭櫃上擺著一只空水杯，就問他要不要喝點水？他說不渴。我又問他吃沒吃飯？屋裡坐著的一個老太太，大概是旁邊那張床的病人家屬，就呵呵地笑了，說這姑娘看你那樣子大概沒照顧過病人吧？他這個手術是全麻的，這會兒不能吃飯。你可以給他餵點水。

我說他不渴啊。老太太又笑，說你可以用棉花棒蘸點水，給他潤潤嘴唇。我問哪裡有棉花棒啊？老太太說問護士。我正要起身，王匡原攔住了我。

「真的，不用。」他說。

「你家裡知道你動手術了嗎？」我問。

他搖了搖頭。我知道他媽媽患有嚴重的高血壓，他大概不想驚動她。

「這兩天有人照顧你嗎？」

他說同事輪班，來來回回。

他似乎已經使完了他的力氣，又昏昏地睡了過去。屋裡響起了均勻的呼吸聲，彷彿是蜜蜂的翅翼在輕輕搧動。我發現他睡著的時候變了一個樣子，變成了嬰孩，睫毛長長地覆蓋在眼窩上，猶如一把細密的刷子。臉上的皮膚變得平滑而柔軟，我甚至不敢下手去摸，怕我手上的毛刺會鉤出線頭。

我一直坐到了護士過來趕我走。臨走前，他終於醒了，直直地看著我，眼光像一層萬能膠水，黏得我幾乎無法起身。

「別走。」他說。

「我明天白天過不來，我真的不能，再請假了。」

我差一點要說出緣由，卻最終忍住了。

他喃喃地說了一句什麼話，我沒聽懂。我俯到他嘴邊，讓他再說一遍。

「我知道，你不在意我……」他說。

轟的一聲，一股火從我的心裡竄了上來，幾乎燎著了我的喉嚨和舌頭。我想說我昨晚飛機晚點回到家已是凌晨三點鐘，醒來沒吃早飯就趕去上班，開了一天的會又誤了中飯，下班直接趕到醫院，我還沒吃晚餐。我就是千里馬我就是永動機我就是母夜叉我也需要糧油。你可以問我葬禮怎樣，你可以問我錢夠不夠花，你也可以問我吃沒吃過飯，你還可以問我阿姨的臉色好不好看。可是你沒有。你一句也沒問。

我一言不發地離開了病房。當我坐進地鐵的時候，我聽見我的肚子在不知廉恥地發出一連串響亮的吶喊，我覺得那些聲響不僅顏色汙穢而且氣味難堪。我覺得我的身上貼滿了毛刺似的目光。

老天，你給他再找個女朋友吧。我實在沒有力氣，這樣兩頭奔走了。

我喃喃自語。

一個腳踩風火輪給他上班養家，另一個給他洗臉洗腳做老媽子。

說出這句話，我突然覺得氣通了，每一個毛孔都鬆了蓋子。

第二天下班後我又直接趕去了醫院，還在走廊上我就聽見從他的病房裡傳出一陣說話聲。那聲音很低，含混不清，我能分辨出來的，只是那些浮在詞語表面或者游弋在字和字之間的東西，比如音調，再比如語氣。

那個聲音裡藏著一種如同彈性最好的橡皮筋那樣幾乎可以扯到無限的耐心。

我從門裡望進去，我發現王匡原的床前站著一個消瘦的女人，她的長髮從肩膀上滑落下來，輕柔地撫過他的臉。他有些癢，想伸手去拂，她攥住了他的手，用一條濕毛巾，一根一根地擦著他的手指。

我咳嗽了一聲。她抬起頭來看見我，吃了一驚，五指在半空中凝成一朵石膏鑄就的蘭花，濕毛巾滴滴答答地在地板上砸出一個個深色的坑。她認出了我，我也認出了她。我在王匡原的舊相冊裡見過她，或者說，她的一個更年輕的版本；而她認出我，我猜想，是從王匡原發的微信朋友圈。從照片的新舊程度來判斷，她是王匡原的舊雨，而我是王匡原的新知。

然而，世上沒有哪一種關係是恆久不變的。天下大事尚合久必分，分久必合，何況我等凡人瑣事。我和她的位置是可以隨時替換倒置的，比如在今晚。

「信息時代，消息真的，傳得很快。」我微笑著說。

她開始收拾自己的包包。

「匡原，我走吧？」她問他。她把話尾上的那個語氣助詞吊上去，做成一個猶猶豫豫的問號。

他用眼神壓住了她的腳。

「不用。」他說。

那是一種我從未聽過的陌生語氣。我發覺他的那塊石頭其實並沒有離開他的身體，只是從腎臟挪移到了他的眼睛——他的眼神裡第一次有了硬度和質感。

「那，我走？」我的話和她的一樣，都是以問號結尾。

他沉默不語。

那晚我回到家的時候，接到了王匡原的一條微信：

我在南四環買了一處二手房，家裡付了百分之五十的首付。本來我是想把它送給你做生日驚喜的，但我感覺你並不在意我這個人，所以我不想以一幢房子改變你的想法。

我猜想這大概就是王匡原的分手宣言。

那一夜我在床上翻來覆去，折騰到幾乎天亮才入睡。我做了一個很奇怪的夢：我又回到了老家。我在村口的那條小溪裡洗著一樣東西——是我媽寄給我的那張生日賀卡。我洗了一遍又一遍，先是用手，後是用一把硬得像豬鬃的刷子，想洗去賀卡上那「心想事程」四個字。

我把一條溪流的水都洗黑了，依舊沒能洗去那四個字。

1摩的：摩托車的計程車（的士）。到大陸比較偏鄉的縣城叫不到車時，只能選擇「摩的」這種交通工具。
2原名為〈面朝大海，春暖花開〉。
3奧拓：即鈴木 Alto，為日本鈴木公司開發製造的車款。
4滴滴：能在手機上預約某時段使用或共乘交通工具的手機應用程式，起初只能預約計程車。
5電吹風：電風扇。
6泰坦尼克號：臺譯為：鐵達尼號；女主角譯為：蘿絲。

女人四十

♀

今天是絡絲四十歲生日。

早上鬧鐘響的時候，正七點，一分不差。

絡絲在床上又賴了一會兒，才起來。很是腰沉腿軟。坐在床沿上，閉著眼睛，拿兩隻腳在床底下鉤來鉤去的，鉤著了那雙軟底繡花拖鞋。穿上了，又掩嘴打了好些個哈欠，方勉強將眼睛睜開了。掀開窗簾，外頭太陽已經白花花地照了一地，住在街口的鄰居巴比正在草地上逗狗。巴比家的狗，是一隻三歲大的沙皮，禁不起熱，便蹲在樹影底下，一顫一顫地吐著舌頭喘氣。巴比有錢，所以巴比家的狗，過得比人還強。聽說每請獸醫出一次診，就是一千塊錢。巴比在鄉間有好幾幢別墅，光下人就有十好幾個。

窗口的樹葉深處，有蟲子在細聲細氣地叫喚。不知那是不是蟬？若是，肯塔基的蟬，一定不是中國的那種。記得從前在杭州的老家，夏日裡蟬叫起來，是聲嘶力竭，磨著人的神經的，哪有這樣的文氣？

床上英選翻了個身，哼嘰了幾聲，又拿被單將頭臉裹了。絡絲慌忙放下窗簾，輕輕地帶上門，去了洗手間。英選睡覺的時候，是天皇老子也不得打擾的。英選常說：「千金難買黎明覺。」當然，英選的黎明概念，可以從早上五點一直延伸到十點。

刷了牙，洗了臉，絡絲猛一抬頭，看見鏡子裡有個女人，容長臉[1]，高顴骨，頰上深深淺淺地長了些雀斑。眉毛稀疏，眼皮腫脹，眼袋鬆鬆地像兜了個核桃。頭髮飛散，形同鬼魅。愣了一愣，方明白那是還沒有化妝的自己。忙將胭脂粉盒拿了出來，在頰上狠掃了幾道，才漸漸地有了些血色。一邊梳頭，一邊就感嘆：女人到了四十，還有什麼可以大驚小怪的？

出了洗手間，就去叫捷米起床。敲了幾下門，沒人答應，才想起捷米上個星期已經去水牛城的紐約州立大學報到了。

就進了廚房，倒了一杯冷牛奶，又往牛奶裡扔了兩片維他命鈣片，拿調羹慢慢地攪著，等著化開。戈登醫生說了，女人到了四十，身上的骨質開始疏鬆，得大量補鈣。其實，女人到了四十，缺的哪只是一樣鈣呢？

絡絲和英選出國時，就三十出頭了。等到終於把學位念出來，英選當了電機工程師，絡絲當了聽力康復師，兩人就急急地攢捷米上大學的費用。四十歲的女人，到現在還沒有自己的家，租著別人的房子住著。

絡絲看了看牆上的掛鐘，才七點一刻。就慢吞吞地往麵包機裡擱了兩片麵包。從前這個時候，英選正滿臉泡沫地站在洗手間的大鏡子跟前刮鬍子；捷米半提著褲子，一邊等著撒那一泡隔夜的長尿，一邊和他老子罵幾句頭晚的壘球賽；她自己則在廚房裡，置若罔聞地準備一家人的早餐。後來，英選的公司不景氣，英選被裁了員，早上就不用早起了。最近，捷米又上了大學。於是，早餐桌上，便只剩了絡絲一人。

絡絲吃著早餐，聽見陽台上有咕咕咕的聲音。探頭就看見窗口歇了一隻大灰鴿子，正拿嘴銜了塊東西，餵一隻小灰鴿子。小的一口一口地吃了，很飽足的樣子，便把頭一蹭一蹭地藏在大的胸前。那隻大的立時就肥大了起來。絡絲心想：總有一天，那隻小的會長成大的，翅膀一硬，就飛走了。剩下那隻老的，守著空巢，打發那過也過不完的辰光。如此想著，絡絲突然覺得自己已經成了那隻老鳥，心裡便有些悽惶。很想把英選叫起來，說幾句話。走到臥室跟前，卻又停住了。

英選失業之後，剛開始還信心十足地找工作。找了幾個月，沒著落，脾氣就變了。絡絲下班回家來，免不了說起些診所裡的事。英選聽了，不是陰著臉不接話碴，就是冷冷地回她一句：「我倒真想有個老闆好給我氣受呢。」兩人可以說的話，便漸漸少了起來。

剛出國那年，絡絲過生日，英選也學洋人的樣子，給絡絲買過一張賀卡。後來嫌煩，就都免了。昨晚臨睡，絡絲試試探探地說了句：「沒想到日子過得這麼快，轉眼就四十了。」英選也沒反應，倒身便睡著了。聽著英選高高低低的鼾聲和巴比的狗時緊時緩的吠聲，絡絲卻翻來覆去地醒了半夜。後來便暗笑自己，兒子都上大學了，難道還真為一張生日卡尋死尋活不成？早上起來，心口卻是堵堵的：一個女人活到四十歲，若沒從男人手裡得過一朵花，是不是算白活了一場呢？

牆上的掛鐘噹地敲了一下，正是七點半。絡絲套上高跟鞋，拎了午餐包和公文包，出了門。到了車站，突然想起昨晚巴比找過英選，忙又折回來，在冰箱上留了個條，讓英選起來後給巴比回個電話。

一路上，個個口子都是紅燈。平日開車十五分鐘就到的路程，公共汽車慢慢吞吞地走了四五十分鐘。又碰上學校開學，一車裡擠滿了十幾歲的孩子，追來踢去的，甚是喧鬧。絡絲緊走了幾步路，又遭這一擠一鬧，額上便滲出些汗來，太陽穴也一扯一扯地疼起來。

來，猜著大約是祝她生日快樂呢。絡絲心裡就有了幾分欣喜。誰知捷米開口就說是車出了毛病，修一修要一千五百塊錢。問家裡能不能趕緊寄錢過來，他開學還等著用車呢。沒容絡絲回話，就掛了。

絡絲放下電話，心裡越發地堵了起來。兒子十七八了，大事小事上，只知道伸手問父母。六呎四吋的個子，身體強壯，手腳齊全的，就不能自己去打份工？巴比家這麼有錢，巴比的女兒暑假裡不是照樣在加油站幹活，騎單車沿街送報嗎？一千五百塊錢又不是個小數目。捷米今年上大學，論成績進哈佛普林斯頓都沒有問題。最後選擇了紐約州大，就是因為這所學校給捷米免了學費。可是書費雜費住宿費伙食費還是一筆大開支。

臨去學校報到，英選把自己的豐田車給了兒子，絡絲又讓帶了一張五千塊錢的支票。若是自己讀書那陣，遇到難處向誰伸手呢？當年自己和英選懷揣四十五美金和一個說不清道不白的夢，就來美國打天下了。為了省錢，住在人家的閣樓裡。閣樓矮得讓人直不起腰來，漸漸的，英選走路的姿勢都變了。同學都笑他是受了日式教育，很懂得點頭哈腰這一套。不用說沒錢買車，就是坐公共汽車，也是能省就省的。有一年，才入秋，突然天就冷了，下起大雪來。雪落到地上，結成了濕濕滑滑的冰，竟立不住腳。兩人從學校回來，英選說今天咱們就坐車回家吧，絡絲執意不肯。那天一路上也不知摔了多少跤，走到家，已是清晨五點鐘了。

　　這些苦，兒子一樣也沒有吃過。絡絲英選出國時，孩子留在國內讓外公外婆帶了幾年。直到兩人讀完了書，才把孩子接來美國。分手時兒子上小學三年級，重逢時兒子已經快初中畢業了。機場上見著了捷米，孩子和英選齊肩高了，低著頭，犟犟地無論如何不肯開口招呼父母。夫妻兩人有些喜，有些愧，也有些怕，決心好好地補足對兒子的虧欠。從此絡絲兜裡若有一塊錢的盈餘，那一塊錢一定是用在捷米身上的。若有了第二塊錢，就用在英選身上。第三塊錢存進銀行。第四塊錢才輪到自己。沒想到，這樣地慣著兒子，鳥倒是養大了，卻是隻不會飛的鳥。

這時，祕書凱西端著一杯咖啡，娉娉婷婷地走了進來。衝絡絲說了聲「早安」，坐下來，將足上的球鞋蹬了，換上一雙桃紅皮鞋。又從提包裡拿出面小鏡子，胡亂地補了補口紅。都完了，就在桌上攤開晨報。一邊看，一邊和絡絲說著今天的新聞：「西城那家珠寶店失竊案，總算破出來了。你猜是誰？是他自己的親生兒子。真是家賊難防啊。」

絡絲看看手錶，九點差一刻。忍了忍，沒忍住，就問：「今天病人的病歷，都準備好了吧？」凱西笑笑，卻不動身：「你總是緊張。人來了當時再拿就是了。我什麼時候誤過你看病了？」

這個凱西，辦事麻利，能獨當一面，對病人又極其和善耐心。只是不太好管教。在凱西前頭，診所也雇過好幾個祕書了。試用期裡都老老實實的，過了試用期就出各種各樣的事。老闆每三個月換一個祕書，換得頭疼腦脹。直到雇了凱西，局面方穩定下來。凱西當過十幾年的護士，後來醫院裁員，找不著工作，才屈尊當了祕書。以護士的資歷，拿祕書的工錢，聲氣裡自然就有些驕橫，連老闆也得讓她一兩分。最近老闆夫妻去阿拉斯加度假了，沒了老闆，絡絲便越發捏拿不住凱西了。想回嘴，笨嘴笨舌地竟想不出一句得體的話來，便恨自己的英文到底還是欠些火候。只得嘿嘿地乾笑兩聲，罷了，心裡卻越想越窩囊。

便無心無緒地看了幾個病人。

看到一半，凱西探頭進來，鬼鬼祟祟地衝絡絲招手。絡絲出去，凱西壓了嗓門說：「老闆來電話了。問這個星期生意怎樣。說等他回來，就約個時間會一會那幾個找工作的畢業生。有合適的，就招來給你當助手。多張新臉，說不定生意就好起來了。」

這一兩年，全州失業率一升再升，政府福利款項一削再削，來買助聽器的病人越來越少。老闆把員工裁到了最低限額，絡絲已經兩年沒加過工資了。在這個節骨眼上，怎麼會想起再添一把手呢？絡絲想了想，突然就明白過來了：哪是給她雇助手呀，分明是藉她的手來培訓新人，等新人上手了就請舊人走路。新人沒經驗，工資自然就比舊人低。老闆是漁翁得利啊。

絡絲回到就診室，發了一會兒呆。心想晚上回家一定得打出一份履歷表來，先下手為強，明天就得去找獵頭公司，絕不能坐等著老闆來裁自己。可是萬一沒等她找著新飯碗，老闆就開口了呢？英選的失業金很快就要發完了，要是她也領失業金，誰來供捷米下個學期的費用？如此一想，頭越地發疼了起來，竟像有人拿了鋸子在來來回回地鋸著。忍不住去廁所嘔了幾口，又到藥房買了一瓶強效泰樂諾片，就著涼水吞了兩片，方好些。

好不容易熬到了午餐時間。絡絲提了午餐包，往隔壁的咖啡店走去。絡絲早已與那位韓國老闆娘混得爛熟了，雖不買東西卻占著個座位，人家也不說什麼。坐了，從包裡取出午餐來攤在桌上，是一份雞蛋三明治。早餐吃的也是麵包，這會兒就有些膩味。拿起來放到鼻子跟前聞了聞，又包攏來放回去了。老闆娘見狀，便熱熱地走過來兜攬生意：「新烤的蛋糕，香極了。」

絡絲走到櫃台跟前一看，果真有新鮮蛋糕。黑的那種是巧克力的，她不稀罕。倒是那種金黃的，上面薄薄地鋪了層奶油，奶油上堆著厚厚的杏仁，杏仁上又蓋著鮮紅的草莓，翠綠的香瓜片，紫紅的櫻桃，五顏六色的，很是招人。就酸酸地流了些口水。

絡絲自幼喜甜。三十五歲以後，怕胖，便給自己下了一道禁令，戒了甜食。今天也不知怎的，竟抵抗不住這份誘惑。就對老闆娘說：「一塊杏仁蛋糕，一塊波士頓奶油甜圈餅，一杯咖啡，咖啡裡加一份牛奶兩份糖。」

待老闆娘把東西端到座位上，絡絲數了數找頭，愣了一愣。又暗笑自己：一輩子也就過一次四十歲生日，別人不記得，自己總得款待自己一回吧？如此想著，竟有些委屈起來，眼圈紅了紅，趕緊把頭低了。老闆娘看出來了，也不好問，就把收音機擰響了，由著絡絲一人悶悶地吃著午餐。杏仁其實並沒有想像的脆，奶油溶化在舌尖上的感覺，有些膩。

「今天上午十一點左右在五十七號公路和威靈頓路交界處發生一起重大車禍。一輛G．M．卡車在拐彎處失去控制，撞到另一輛車上……」

絡絲聽著收音機，心想在美國哪還有什麼新聞呢，每天無非是車禍凶殺白水案件三樣舊事，顛來倒去地報。現在的年輕人，開起車來，哼，那個樣子。但願捷米在水牛城沒跟人學壞樣開飛車——早上也沒來得及問車是怎麼壞的。

「被撞是一輛馬滋達323[3]。司機身受重傷，當場送往附近的好撒瑪利亞人醫院搶救，情況危急。」

絡絲一驚，蛋糕落到了盤子裡。

馬滋達323，她的車就是一輛馬滋達323啊。

自從英選把他的車子給了捷米，絡絲怕英選白天要用車，就把那輛馬滋達留在了家裡，自己搭公共汽車上班。英選會不會開她的車出門了呢？這一驚，非同小可，食慾立時就沒了。匆匆將剩下的蛋糕甜餅打了個包，揣起來就往診所跑。

就往家裡掛電話。

掛了幾回也沒人接。電話鈴空空蕩蕩地響著，一遍又一遍地凌遲著她的神經，便越發慌得沒了主張。情急之中找到了好撒瑪利亞人醫院的號碼。撥通了，人去查了回來，說可能是弄錯了，醫院急救部今天沒有接收任何車禍病人。又建議絡絲給電台打電話查詢。

絡絲翻出電話簿來，找著了電台新聞部的號碼。等了十幾分鐘，才有個記者來了，說他就是採訪車禍新聞的。當時警察找不到那人的身分證件，只知道是個四五十歲的亞裔男人。絡絲聽了，腦子轟的一聲，天花板就悠悠地旋轉起來。忙撥了警察局的號碼，祕書小姐說管事的警察吃午飯去了，讓絡絲留下電話，下午再給回音。

絡絲擱下電話，手便簌簌地抖了起來，抖得竟握不攏拳頭。想起早上出門時，左眼皮就噗噗地跳。卻記不起到底是左眼跳災右眼跳財，還是右眼跳災左眼跳財。

自從把車留給了英選，英選也不常用。昨天絡絲下班回家，見車還在原地沒挪窩，上樓來就沒好氣，忍不住叨嘮了幾句。英選正淘米做飯，沒聽絡絲說完，就把量米的罐子扔了：「不就是今天沒出門找工作嗎？你要不嫌丟臉，我明天就出去送比薩餅好了。有手有腳的，還真怕餓死不成？」

絡絲只當是一時的氣話，沒想到他還真賭氣跑出去了。其實，英選的失業金要到年底才發完，自己何必逼他太甚呢？若他真是沒了，一整片天塌在她肩上，她如何扛得起？於是，就把英選平日的種種好處，一一想了起來，淚涼涼地流了一臉。

凱西吃完了午飯回來，見到絡絲眼睛紅紅的，吃了一驚，以為還是頭疼的事，忙問：「要不要送你去看急診？」絡絲把頭搖了。凱西又說：「下午兩點以前的病人，來不及取消了。兩點以後的病人，我現在就打電話取消。你看完兩點以前的病人就趕緊回家歇著吧。看你這臉色，還不把病人嚇壞了——到底誰是病人啊？」絡絲就由著她張羅，又囑咐：「有找我的電話馬上接到測聽室來。」

絡絲恍恍惚惚地看了兩三個病人，就到了兩點。眼睛一閉，便是血肉橫飛的場面。診所是再也待不下去了，抓起公文包，就要去警察局。凱西也不知底裡，俯在桌上寫了張字條遞過去：「這是我家的電話號碼。我下班就把明天的病人名單帶回家去。你若今天晚上還不見好，就給我來個電話，我替你把明天的病人都取消了。別撐著，不值得。」

絡絲接了紙條，心裡有些感動，覺得這個凱西其實也不是那麼刁橫的，倒是自己，是不是有時對人太苛刻了點呢？

剛走幾步，就聽見有人在背後喊她。回頭一看，凱西半個身子探在窗外，舞著胳膊做了個電話的手勢。絡絲三步併做兩步跑回辦公室，搶過話筒，哈囉了一聲，竟是英選。

「我早上跟巴比去看他鄉下的別墅，離城裡才一個半小時的路。他要雇我當修理勤雜管工。包吃包住，一個月再付我兩千塊錢。以後週末我就可以帶你到那邊住。四十五公頃的草地，那個綠，那個氣派哦。你好幾年沒度假了。現在孩子也大了，該輪著你這頭老鳥歇息歇息了。」

絡絲放下電話，身子像被抽走了脊梁骨，軟軟地癱在椅子上。凱西遞了一杯水過來，絡絲擺擺手，就虛虛地起身進了測聽室，將門掩了。測聽室是隔音的，喧囂的世界就堵在了外頭。又反手將燈也關了，才敢放聲放氣地哭了出來。哭夠了，靠在牆上，四周無色無光無聲無息。黑暗像潮水一樣奔湧過來，將人從頭到腳嚴嚴實實地裹住了。在重重的黑暗裡，絡絲突然覺得有了些依託，不再無著無落。

路很難，也很窄。但總有小小一方空間，可以容得下一個四十歲的女人和一對平平常常的夫妻的。她想。

★本文榮獲中國十月雜誌社第七屆十月文學獎

1 容長臉：指長方臉。
2 對過：對門。
3 馬茲達 323：即馬自達 Familia，為日本馬自達汽車公司出產的車款。

盲約

＊

「是的，是的，一大早起來就又哭又鬧的，燒得燙手。嗯，嗯，約好醫生了。吃了飯就帶過去看。對，今天上班要晚點去。只好麻煩你們幾個多費心了。」

放下電話，小雪才知道手心是濕的。從小長大沒學會撒謊，雖然隔了條電話線，臉居然還是紅了。在「杏花樓」餐館也當了三年女招待了，今天卻是第一回請假。歡歡騎著木馬，正滿屋兜著圈子跑。腦後一根馬尾巴甩得一晃一晃的，笑聲響鈴似的。但願老闆娘剛才沒有聽見。

唉，也管不了這麼許多了。

就去洗手間沖涼。

水從蓮蓬頭裡噴出來，順著身子的凹凹凸凸淌下來，暖暖，酥酥，癢癢的，像裹了層細絨毯子，就跟阿洪的手摸過似的。

其實，在廈門，阿洪就見過她的身子了——那是在阿洪住的旅館裡。那時，她才二十出頭，也沒什麼經驗。看著阿洪湊過來，熱氣噴到她的脖子上來，全身上下就繃得緊緊的，像在葉子裡頭裹得嚴嚴實實的一朵花蕾。阿洪輕輕地咬她的耳根，笑她：「大陸現在都開放了，你怎麼還這麼封閉？難道就沒看過外國電影？」

後來嫁了阿洪，來到多倫多，漸漸地，就有了些經驗。方知道一個身體可以翻變出如此繁多的花樣，這才有些恣意起來。反是阿洪有些拘謹。隔壁的臥室裡住著婆婆。婆婆晚上睡不著，就咳嗽。呵呵呵，呵呵呵。高一聲低一聲的，聽得清清楚楚。那牆壁彷彿就是一層紙糊的。

「媽咪，媽咪。」

是歡歡在篤篤地敲洗手間的門。

小雪慌慌地開門跑出來，看見過道裡站著樓下的房客方先生，手裡拿著一個信封。

小雪知道是房租，就努努嘴示意放在桌子上。

這才發現方先生今天很是打扮了一番。深灰色的西服套裝，熨得平平整整的，沒有一絲皺摺，胸前的口袋裡露出一角暗紅色的手絹。領帶的顏色也是一式一樣的暗紅。頭髮拿油梳過了，順順地朝兩邊分開，留出中間一條陽光大道。鬍子也刮過了，露出青青光光的一個下頷。

方先生在大學的實驗室裡做事，平日見慣了他穿T恤衫牛仔褲的拖沓樣子，今天跟換了個人似的，竟很有神采起來。人是衣裝，佛是金裝，此話不假。

小雪這會兒心情好，就開了一句玩笑：「方先生今天穿得這麼體面，是會女朋友去吧？」

誰知方先生竟把臉騰地漲紅了，下頷刮鬍子刮破的那道口子，紅得像又要淌出血來。小雪倒是沒見過三四十歲的男人還這般害羞的，甚覺新奇，就抿著嘴兒偷笑。一低頭，猛然發覺自己身上只是裹了一條浴巾的，臉兒也燙了上來。也不知怎麼的，這幾天動不動就愛臉紅。

「洪太，真對不起，今天臨時有急事，不能替你看歡歡了。你找到人了嗎？」方先生不知道小雪的名字，見了面總叫她「洪太」。每逢週末，幼兒園不開門，歡歡就跟著小雪去「杏花樓」上班。今天是去不成了。

「找到了。隔壁阿劉的女兒答應替我看三小時。」

打發走了方先生，小雪轉身看見歡歡坐在地上吃巧克力。吃得一嘴一手，還要往身上抹。被小雪喝住了，問哪兒來的糖？說是方先生給的。

方先生真是個好房客，安安靜靜的，住著倒跟沒住似的。歡歡在樓上跑翻了天，他也不抱怨。每月房租一天不誤地交上來。若遇著小雪晚上有急事的時候，把歡歡託給他看一會兒，也是很放心的。回頭給他錢，總是推來推去地不肯收。時不時的，還給歡歡買東買西的。全不似先前的那個房客，菸蒂丟一屋，音響開得窗戶沙沙地抖，房租欠了又欠。打電話叫了警察，也趕不走。

牆上的掛鐘，噹噹地撞了起來。小雪一看，十一點鐘了，就趕緊進屋找起衣服來。

為穿什麼衣服，小雪這幾天也是很費了些心思的。到了這會兒，還定不下來。衣櫥裡的衣服，挨件試了試，腰身都有些緊。這才知道這些日子自己身上的肉，又長了些。平日在「杏花樓」上班，一年到頭穿的是老闆娘發的制服。回到家又要帶歡歡又要煮飯，只圖輕便，一件T恤一條便褲，一穿就是一季。衣櫥裡頭的那些衣服，竟有好幾年不曾上過身了。

這個查理也真是的，頭回約會，怎麼不約在晚上，倒約在中午了呢？這件紫色的衣服倒是合身的。衣領開得低低的，袖管開得高高的，露出雪也似的一段頸子兩個臂膀，再配一個高高的橫愛司頭[1]，也還夠看幾眼的。先前阿洪帶她出去吃飯，總愛叫她換了這件。可那是晚裝的樣式呀，大白天的穿上這個，又像什麼呢？

「男，三十五歲。高等學歷。」

高等學歷。是的，查理是讀過書的人，和阿洪不一樣。讀書人喜歡素靜高雅，不喜歡妖冶的。小雪終於挑了件洋紅帶灰格的套裝，再佩上一個黑色的領飾，鏡裡看看，竟也有了幾分書卷氣。

自己沒有學歷，電話上也和查理說過的。查理笑笑，沒說什麼，照樣約了她出來。可小雪心裡，卻總有些自卑。

沒上過大學，說起來，也不是她的錯。

她高中畢業後，連考了兩年大學，也沒考取。第三年不考了，就去做工。一邊做工，一邊讀夜大學，學的是電子配件。那時年輕，力氣多得跟水似地，花也花不完。白天八小時趴在流水線上，晚上匆匆扒兩口飯，擱下飯碗就趕去學校上課。星期天照樣約上廠裡的一班小姐妹，連看兩場電影。再累再乏，睡上一覺又是個新人。走路不是跳就是蹦的，哪有規規矩矩腳點地的辰光？

可惜，夜大學才念了一個學期，阿洪就來了。

阿洪與小雪，說起來還沾點兒親。阿洪的舅媽，和小雪的姑丈，原是一表三千里的表親。那陣子阿洪的母親，正張羅著給阿洪在大陸找個女人。一根紅線牽來牽去的，就牽到了小雪的手裡。當然，小雪到後來才知道，阿洪一家為什麼要兜這麼大一個圈子，到大陸來尋兒媳婦。

阿洪到大陸來，說是來探表舅的，其實，還不是來探她的。阿洪第一眼，就把她給相上了。好不容易待到沒人在近旁，就拉了她的手，對她說：「想不到大陸苦了這麼些年，還有這麼靚的女。香港小姐跟你比，也不過如此呢。」阿洪穿著熨得服服貼貼的香港衫，身上古龍水的味道清淡幽雅，聞得小雪心亂亂的，就沒了主張。

阿洪見了小雪的媽，一口一個「王太太」，進門便是一架二十吋的彩色電視機。那年月，連九吋黑白電視都還是稀罕的物件呢。於是，媽每晚掄著裹灰布邊的大葵扇，開始嗶嗶叭叭嗑瓜子的時候，家裡低矮的小窗口上，便擠滿了一條巷子裡的孩子，鼻子在玻璃上貼得扁扁的，爭先要看「小電影」。他倆沿著望江小道，來來去去地散步的時候，他又悄悄地塞給她一張五百美鈔的票子。那時候，花十塊二十塊人民幣，一家人就可以在廈門街面上最熱鬧的餐館裡，要什麼點什麼地吃上一頓了。一千美鈔，一千美鈔換成人民幣，能幹多少事兒呀。一輩子，她都沒見過這麼多錢呢。都不知該怎麼花。緊緊地捏在手心，捏出了汗。惶惶地，她居然想哭。

後來才知道，阿洪那錢，掙得也不容易。

阿洪來大陸看她的時候，只說家裡開了個禮品店，卻沒提起，這個店一個銅板都不是他的。分分釐釐，都歸他媽管。阿洪只不過是替他媽打工的。

出了國，見了面，方明白自己原來是有這樣一個婆婆的。婆婆十七歲嫁到洪家，二十二歲就守了寡，只得阿洪一個兒子。從廣東到澳門，澳門到新加坡，又從新加坡到加拿大，婆婆一路從婆婆的婆婆手下熬過。婆婆還年輕，腰身板板的，容長的臉上，密密地鋪著些胭脂花粉，眉目描得烏黑皓亮。婆婆開口說句話，一個店的人，都得把手裡的活停了，聽著。小雪下了飛機，放下行李，只歇了一天，就在婆婆的店裡跑前跑後了。

小雪做了阿洪的女人，白天兩人在店裡累得賊死，晚上灰頭灰臉地回到家裡關起門來，也是累得賊死，卻是為不同的事。只是房門開開關關也有兩年了，小雪的腰身始終無甚變化。婆婆的臉色就越發難看了。阿洪只好低聲下氣地解釋給婆婆聽：「小雪還年輕，想一邊工作，一邊學點英文。過兩年再說。」婆婆把眼一掃，阿洪就噤了聲。「年輕？我在她那個年紀，你都要背書包上學了。」

「媽咪媽咪，看我看我。」

小雪一回頭，看見歡歡拿了她的口紅，把一張臉塗了個大花。就趕緊一把奪了口紅，揚起手來，做出要打的樣子。誰知歡歡不但不怕，反而把臉兒湊過去，將兩片腥紅的小嘴唇一抿，嘟成一朵喇叭花，飛出一個響響的吻來。小雪忍不住笑了起來。

還好，臉上雖有幾道笑紋，鋪上點粉，再拿眼影稍稍壓一壓，也就混得過去了。頭髮往後攏一攏，挑下細細幾根瀏海，俏俏地掛在眉上，便襯出些精神頭來了。怎麼搞的，攏子一挑，竟挑出一根白的來了。

第一次發現有白頭髮，大概是在阿洪出事一個月以後吧？

阿洪出事時，她剛生了歡歡一週不到，還在家裡歇著。早飯是阿洪上班前預備下的，午飯是阿洪從外頭買了抽空送回來給她吃的。那天，她等了又等，阿洪卻沒有來。

後來，就等著了一個電話。是警察局來的。

阿洪是在給她送飯的路上出了車禍的。撞他的是個十幾歲的黑人孩子。喝醉了酒。一百四五十公里的速度。還沒等送到醫院，阿洪在救護車裡就嚥了氣。

可憐的阿洪，死了，也沒落著個全屍。

阿洪死後，是在哪兒開的告別會，又是怎麼入葬的，她全然不記得了。那幾個星期，竟也不知道哭，昏沉沉的，只想睡。歡歡睡，她跟著睡。歡歡醒著，她還照樣睡。孩子餓得哇哇地哭，婆婆咚咚地敲著牆壁催她起來。她的眼皮就像抹了膠，怎麼也睜不開。奶水在一夜之間就乾涸了，歡歡從此只能喝奶瓶。

直到有一天，她給歡歡換衣服，在髒衣簍裡看到阿洪換下還沒來得及洗的內衣。她拿了，貼到臉上，聞了又聞，聞到了男人身上的油膩味，眼淚悽悽惶惶地流了下來。方知道，阿洪真是去了，不會再回來了。活著的，總得支撐著活下去吧？這才強打了精神，梳頭穿衣，收拾屋子，做每天該做的事。

後來，找到了「杏花樓」這份工作。同事裡頭，有知道她身世的，可憐她，就熱心地給她介紹男人。看來看去的，不是她沒看上人，就是人沒看上她。五次三番之後，她便漸漸地灰了心。突然那天，她看到了那份報紙。

「男，三十五歲。高等學歷。單身。無子女。」

查理沒有孩子。人都說男人只有做了父親才會長大，沒有孩子的男人至多只能算個大孩子。這樣的男人，能和歡歡過到一塊兒嗎？其實也不一定。樓下的方先生，不也是個單身的嗎？卻真是喜愛歡歡呢。

回回把歡歡交給方先生，到她領人時，總得千哄萬哄的，歡歡才肯跟她回樓上。後來問歡歡都跟方先生玩了些什麼呢？就說方先生教她摺紙鶴子、紙燈籠；方先生和她下跳棋，輸給她了還賴棋；方先生教她用電腦，電腦裡有架大飛機，一按鍵盤飛機就點火飛到月亮上去了。電腦裡也有大火車，轟隆隆一忽兒就開到了迪斯尼樂園。有一回，小雪下去領歡歡，見方先生正趴在地上，讓歡歡當馬騎呢。歡歡拿兩腿一夾，方先生就往前一爬。孩子笑得抖抖的，大人爬得一頭汗。小雪忙把歡歡喝住了，罵女孩子哪有這麼瘋的？方先生直起身子擦擦汗，竟笑笑說：「沒事，瘋點好，省得太老實，長大了讓人欺負。」

又一回，「杏花樓」裡突然來了一樁外賣的大生意。小雪臨時要加班加點，回來就晚了些。歡歡在方先生床上睡著了。聽見小雪回來，方先生就背了歡歡上樓來。歡歡野了一天，挪到沙發上，眼睛也沒睜一下，就接著睡了。小雪過意不去，就拿了些老闆娘分給她的點心，讓方先生嚐。方先生嚐了，連說「好吃好吃」。小雪笑笑，才說是自己做的。她在「杏花樓」當女招待，有時也幫廚房裡做些點心。方先生就誇「洪太好手藝」。誇完了她的手藝，又誇她能治家。一個人又上班，又帶歡歡，家裡卻理得一塵不染，垃圾桶總是空的。誇完了她能治家，又誇她懂得種花。窗台上一年到頭青青翠翠，姹紫嫣紅，煞是好看。一邊誇，一邊手也不閒著。看見歡歡熱得流汗，就拿了一本書，一下一下來回地給搧涼。就是阿洪在，也不見得有這般細心呢。但願這個查理，也和方先生一樣好脾氣，不嫌棄歡歡，不嫌棄自己是個二婚頭。

小雪知道，登徵婚廣告的人，十有八九是不會留自己的真實地址電話號碼的，回信時便也多了個心眼，只給了朋友家的電話號碼。電話上聊天，這個查理倒還是很和善的。起先拘謹些，只說離過婚，卻不肯細說先前的那個人。後來通了幾次電話，一來二去地熟絡了一些，才說他先前的妻，是他在大陸的同事。查理出來留學，辦了三年才把那女人辦出來。原來分在大洋兩頭時，倒也常常相互牽掛著。後來兩人好不容易在多倫多久別重聚，反而有些疏遠了。那女人學也不肯上，工也不肯打，整日坐在家裡抱怨。抱怨這兒天氣太冷，一步也出不得門；抱怨這兒沒個親戚朋友，找個人聊天都難；抱怨這兒商店裡的東西樣樣都好，卻樣樣買不起；又抱怨查理掙得錢少還窮忙，家裡就跟旅館飯廳似的，除了吃飯睡覺也見不著人。抱怨得狠了，就鬧著要回去。

查理鬧不過她，就給她找了件事來散散心：拉了個洋人同學來，一邊跟她學中文，一邊也幫她補習英文。開始幾天，她也是無精打采，神色殃殃的。到後來，就漸漸安靜下來，再不提走的事了。查理懸了多日的心，總算落回了腔子裡去。誰知一日放學回家早了些，開了房門進來，卻看見他的妻和他的洋同學赤條條地擁在床上。這才明白為何那女人的臉上新近有了些笑意。

查理離婚才兩年，就熬不下去了。阿洪過世，卻有五年多了。查理一個男人，尚知道冷被窩的滋味不好受，她一個女人家，帶著歡歡守寡，那裡頭的辛苦，又跟誰說去？

阿洪剛下葬，婆婆在店裡，逢人就講，若不是小雪小姐嬌脾氣，逼著阿洪天天送午飯，自己的兒子哪會年輕輕的就死？老婆娶錯了，真是一世的禍害。店裡的人怕得罪婆婆，也都漸漸地疏冷了小雪。婆婆原想小雪生了歡歡，再接著生幾個男孫。阿洪一死，洪家的香火也就沒指望續上了。

婆婆由此竟對歡歡也沒個好臉色。小雪在前頭忙，孩子在後頭哭，婆婆是必定不聞不問不管的。小雪不忍心，跑到後頭，剛拍哄兩下，婆婆就在前頭叫了。後來實在忍受不下去了，小雪就辭了工，搬開來另住了。

才搬開不久，就收到了婆婆通過律師寄來的傳票，告小雪趁阿洪喝醉了酒，神志不清醒，唆使阿洪改寫了人壽保險受益人，把原來婆媳平分的，都歸了自己的腰包。小雪萬沒想到，守著偌大一個禮品店的婆婆，心裡竟惦記著她孤兒寡母口袋裡的那幾個銅板。官司一打就是兩年。一輩子沒見過官的小雪，也被逼得站到法庭上說話。還沒開口，淚就流了一臉。幸好遇到的法官是個明白人，判了婆婆敗訴。可小雪付完律師費，阿洪的人壽保險就已去了一小半。

「媽咪，媽咪，不要哭。哭了就不好看。」

平常歡歡一哭，小雪就這麼說她。沒想到這孩子人細鬼大，竟給學會了，反過來教訓起媽媽來。小雪照照鏡子，化妝果然糊了。就拿手紙來把眼睛擦乾了，又細細地補了些粉，重新畫過了眼影眼線。方好些。

幸虧有個歡歡，這麼些年才叫她支撐得下去啊。

打完官司，小雪打電話給廈門的娘家。媽拿著電話，聲音就咽哽了：「兒啊，回來吧。你一個人，在外頭怎麼過得下去？如今廈門日子也好過了，媽幫你帶歡歡。別人家孩子有的，歡歡也會有。」

那天小雪抱著歡歡，去看阿洪。四五月的天了，雪早不下了，風裡卻還有些寒意。從身後吹過來，吹得墓前的草深深淺淺地翻著浪。太陽要落沒落的，掛在遠處的樓頂上，染得墓碑一抹紅，一抹黃的。小雪對阿洪說：「怎麼也不能讓你一個人留在這兒呀。我們娘兒倆得活出個樣子來呢。你也沒讀過書，我也沒讀過書，我們歡歡將來卻是要做大學問的。你就等著看吧。」歡歡靠在阿洪的墓碑上，嘴裡咿咿呀呀地說著些誰也聽不懂的話，舞手舞腳的，竟一臉是笑。

「噹！噹！」牆上的掛鐘又撞了起來。小雪一看，是十一點半了。

不好，要晚了。查理那天在電話裡，說了好幾回「要準時」，又叮囑外邊風大，多加一件衣服。她問：「我連你的照片都沒見過，怎麼認你呢？」查理想了想，才說：「我站在左邊的門口等你，手裡拿一枝黃玫瑰。」

小雪聽了，就暗暗地笑：這個查理，聽上去像是個很浪漫的人呢。和阿洪結識結婚這麼些年，阿洪也給她買東買西的，卻獨獨沒有給她買過花呢。

就趕緊把風衣套上，把歡歡塞進車裡，送到隔壁的劉家。一路緊趕慢趕的，匆匆開到愛德華公園。泊了車，看看錶：十二點整。

左邊的進口，站著個高高瘦瘦的男人。穿著深灰色的西服套裝，口袋裡露出一角暗紅色的手絹。領帶的顏色，也是一式一樣的暗紅。左手插在褲兜裡，右手握著一枝嫩黃的玫瑰。

小雪腳底一軟，心跳得自己都聽得見。

竟從來不知道他的英文名字叫查理。

小雪把頭髮往後抿了抿，定了定心，軟軟地，朝那枝玫瑰走去。

---

1 橫愛司頭：愛司，即英文字母「S」的譯音。橫愛司頭，是指民國初年婦女所梳的一種髮型，髻型像橫擺的「S」字母。

團圓

星期五那日，天晴了，豔豔地出了輪太陽。

千千一早便去街角的花店買花。四五月份辛辛那提城裡滿街賣的都是鬱金香。鬱金香是招眼的花，遠遠地擺著，大大的赤橙黃紫的花球，便燙燙地灼了人眼。千千只愛清一色的紅。買了來插在花瓶裡，擺在客廳的茶几上，屋裡就騰地燒起暖暖的一片火。

見太陽正好，千千就去開窗。致遠畢了業，拿著了化工博士學位，被保捷公司雇去當了工程師，日子漸漸地好過了起來。才兩年，就買下了這幢房子。雖是舊的，卻很寬敞。樓上樓下，統共有四個臥室。待千千把各屋的窗戶都挨個打開了，風就絲絲地透了進來，微微地有些暖意。千千進屋將身上的薄毛衣退下，換了一件淺藍色的洋裝。又去洗手間，細細地往臉上鋪了些胭脂粉，描了眉畫了眼影。對著鏡子照來照去，覺得顏色厚重了些，就拿水洗淨了，重又鋪了層淺的。才鎖了門，開車去機場。

婆婆的飛機是下午三點到的。婆婆是隨上海一個代表團到西雅圖參加國際醫療設備展銷會的。公事辦完了，就請了假到辛辛那提來看兒子。只能待一個週末，就要隨團回國。致遠新近在公司的技術開發部當了個小頭目，要忙到下午五點才能脫得開身，只好讓千千一人去接機。

千千和致遠，是在國內結的婚。致遠的爸早就過世了，家裡只剩了老太太一人。算起來，千千也有四五年沒見過婆婆了。機場上看見婆婆穿了一身淺玫瑰的套裝，領子上繫著個深紅的領結，臉上的化妝倒比自己濃。婆婆見了千千，便一味地搖頭：「怎麼瘦了只剩一把骨頭了？年紀輕輕的，穿得這般素淨。我給你買了一套南韓產的水洗真絲裙裝，那顏色才配你呢。到家就換上。」

接回家來，千千領著婆婆上上下下地看房子的布局。婆婆就誇家具和牆紙的搭配不落俗套，很有特色。「是千千你的眼光吧？我們致遠可沒這個水平。」千千聽了就吃吃地笑：「他？這房子買了半年了還四壁空空的，只有一張床。這回聽說您要來，才慌慌地催我去買了這幾樣東西。」

婆媳倆說了回話，致遠就拎了個沉沉的公文包，進了門。婆婆站起來，叫了聲「小遠」，眼圈就紅了。致遠將頭低了，拉了老太太的手：「媽，今天咱們全家去吃日本大餐。」誰知婆婆連連搖頭：「不吃不吃，這兩天在西雅圖，頓頓吃的是日本生魚片，都鬧了幾回肚子了。只想吃點家常清淡的。」

千千忙捲了袖子，問：「喝米粥就蔥油餅可好？」婆婆說：「正是，正是。」致遠便過來，問洗幾筒米？被千千推過一邊去：「你哪懂這些？陪媽說話去吧。」致遠嘿嘿地笑了幾聲，果真就去了客廳。

千千將米粥放在文火上慢慢熬著，又將麵和在鍋裡。一邊等著麵軟上來，一邊就切洗了豆芽黃瓜海蜇皮，做出幾樣清淡的菜來。又知婆婆喜辣，就在各樣菜上放了幾片紅辣子。屋裡漸漸飄起了些香味。再看看牆上的掛鐘，不過才六點。心想致遠現在也知道下班準時回家了。

致遠從前讀書的時候，沒日沒夜地泡在實驗室裡，凌晨兩三點鐘才回家。冰箱裡胡亂抓點東西吃了，就上床，一覺睡到下午。千千那時早上在一家中國雜貨店幫人包餃子，下午去語言學校補習英文，兩頭見不著致遠，有時好幾天也說不上一句話。到了晚上，一人坐在空屋子裡，聽著風吹得窗櫺格咣咣地響，心裡空得不知如何是好。忍不住打電話到實驗室找致遠，求他早點回家。開始致遠還敷衍幾句，後來就煩了，怨她沒有獨立性。「這是在美國。咱們又沒有綠卡，要不比人幹得出色，誰會雇你？」說得千千回不出一句話來，放下電話，就咬著被子哭。

廚房裡蔥花嗶嗶剝剝地爆著，客廳裡婆婆和致遠一搭一搭地說著些別後的話。婆婆問了致遠的工作，又問致遠的身體，聲音就漸漸低了下去：

「怎麼還沒有呢？再晚了，就是生得出來也沒精力養了。要是身體有問題，得抓緊看醫生啊。」致遠不說話，婆婆就笑了起來：「跟你老媽還臉紅吶？別忘了你是從我肚子裡爬出來的。媽單位劉伯伯的愛人，就是協和醫院婦產科主任。」致遠這才結結巴巴地開了口：「哪裡的事。千千跟我苦了這幾年，等我工作了，她才有機會念書。等她畢了業再說吧。」

一忽兒的工夫，飯菜就得了。婆婆見了桌上的東西，胃口大開。那一鍋的米粥，她一人就喝了一半，蔥油餅也吃了好幾張。吃完了，喝著千千端上來的龍井，響響地打了幾個飽嗝，說好些年沒吃過這麼香的飯菜了——單位食堂的東西，做的就跟豬食似的。說著，就從口袋裡掏出個絲絨盒子來，遞給千千：

「這是我路過香港時買的。這顆鑽石，小是小點，說是成色不錯。你倆結婚時，媽窮，沒什麼給你。這回算是補上吧。」

千千開了盒子，見是一個K金的戒指，正中鑲了一顆小巧玲瓏的鑽石，四圍又有一圈碎鑽。迎著燈，瑩瑩地閃著白光。千千知道是樣貴重東西，就不肯收。推來推去的，推得婆婆變了臉，致遠忙說：「媽給你的，你就收了。媽是偏心，竟也不給我買點什麼。」

婆婆就呸了他一口：「看你的樣子，現在也掙了些錢了，也不知道給自己老婆買個戒指。千千手上連個婚戒也沒有，你就不怕人誤會呀？一屋裡，也不掛張結婚照。如今國內連老年人都講究情調，你們年輕夫妻的，倒這麼對付。」致遠聽了，就說：「下回下回，下回一定去照幾張好的。」

婆婆坐了大半天的飛機，到這時已睏得嘴大眼小起來，便早早地歇下了。剩下千千和致遠，收拾了廚房，各自洗漱過了，也進了屋。

掩了門，聽見隔壁屋裡沒了聲響，致遠才從壁櫥裡拿出一床被子來，在地上搭了個鋪。千千將床頭燈關了，換了件睡衣，平身躺下。卻聽見地上窸窸窣窣地響。扭頭一看，只見一個小紅點，一明一滅的。就問：「什麼時候學會的？」

「那年冬天。」致遠聽見千千捂著嘴咳著，就把菸掐了。

過了一會兒，床上沒了動靜。致遠以為千千睡著了，便又起身翻來翻去地找菸盒。卻聽見千千在黑暗裡吃地笑了一聲：「你媽活得可比過去滋潤呢。」

致遠沒搭茬，卻坐起來，朝著牆壁問：「你實習的那個圖書館，畢業能留你嗎？」

「誰知道呢。」

致遠想問：「那你想到外州找工作？」話在嘴裡嚼了許多遍，卻出不了口。

第二天一早，致遠就帶婆婆去碼頭，坐輪船遊覽俄亥俄河。婆婆上了車，就問致遠：「你到底會不會開車，怎麼都是千千開呀？」沒容致遠開口，千千便掩著嘴笑了起來：「他呀，只認上班下班一條路，出門就丟。」

要讓他開車，一個月汽油費得加倍。」致遠從後座伸過頭來，對婆婆說：「我說過要帶千千看俄亥俄河，說了三年，今天才兌現。」

三人說說笑笑地到了碼頭。馬車載著遊客從廣場走過，鈴鐺聲細細碎碎地丟了一街。滿地的鴿子蹣蹣跚跚地聚攏來，見人來，也不怕，竟將頭揚了，眼裡藏了些企盼。千千早備下一袋麵包屑，遞給婆婆。婆婆學著致遠的樣子，將身子蹲下，在手心裡放了些麵包屑。果真便有些鴿子過來，一啄一啄地吃起來。

千千靠在欄杆上看婆婆餵鴿子，一地斑駁的樹影裡，往事也凌凌亂亂地浮了上來。

「致遠，帶我去看看俄亥俄河吧。」那時千千已經在辛辛那提打了兩三年工了，卻哪裡也沒去過。

「等忙過這一陣再說。」致遠一邊吃飯，一邊看報紙，頭也沒抬。

「什麼時候能忙完呢？」千千走過去，將致遠的報紙闔了。

致遠把報紙放了，進了洗手間。水聲囉囉嗦嗦地響了一陣，致遠才說：「快了。」

千千突然就生起氣來，把致遠堵在門裡：「你今天不陪我去，我就從陽台上跳下來讓你看看。」

致遠將千千的身子撥開，背了書包，就出了門。

千千蹲在地上哭了一陣，哭得身子軟軟的，就歇了。擦了臉，自己開車去了碼頭。

「千千快來，要開船了。」

遊艇的汽笛嗚地叫了兩聲，婆婆遠遠地招著手，千千才知道自己落下了，便急急地趕上來。就看見船頭畫的那個金錨和金錨邊上那行紅字：「七月四號輪」。

就是在這艘船上，千千第一次遇到南山的。

那天正好是七月四號，美國國慶日，船上到處掛了些氣球和彩旗。戴著紅藍兩色紙帽的男女招待，從船頭跑到船尾，高一聲低一聲地叫賣著冷飲。樂隊震耳欲聾地奏著〈星條旗永不落〉。千千英文半通不通的，兩個眼睛又哭得腫腫的，便不願見人，遠遠地躲在船尾。

就看見了南山在畫畫。

南山戴著一頂極舊的棒球帽，身上的T恤衫上印了些汗跡。雖然看不著臉，那背影上卻寫滿了曠世的孤獨。千千走過去看畫，見那畫裡有很藍的水，很高的天，很矮的地，和地上深深淺淺的樓房。

卻沒有人。

一直到下船，兩人都沒有搭話。來到停車場取車，他的車正好泊在她的車旁邊。他隔著車把手裡的畫遞給她，說：「送給你吧，難為你看了這麼久。」

千千「咦」了一聲，說：「誰看了呢？」

南山笑了：「我背上可真燙。」千千的臉便微微地熱了上來。

那一天，千千深夜才回家。

後來的每一天，千千都到深夜才回家。

致遠是不知道的。

致遠沒有注意到千千的手提包裡放了化妝品，致遠也沒注意到千千的口袋裡裝了避孕藥丸，致遠更沒有注意到千千常常一個人蜷在沙發裡，臉上掛了些淺淺的笑。致遠卻注意到，千千不再尋他吵鬧了。便得意地告訴同學：「文化衝突，文化衝突。我老婆來美國三年了，才明白美國到底是怎麼回事。明白了，就相安無事了。」

「千千，你也抹點，太陽毒著呢。」

致遠在給婆婆的胳膊上塗防晒油。塗完了，又把瓶子遞給千千。千千說：「不礙事的。」就找出照相機來，替婆婆和致遠拍照片。婆婆不讓：「千千你也來，好不容易團圓一回，我們照張全家福。」

致遠真是個孝子。千千搬出來和南山住的時候，致遠在床上躺了三天，嘴唇鼻子上燒了一串的燎泡，卻沒有說一句留她的話。一直到婆婆要來，致遠才開口求她——離婚的事，婆婆是不知道的。

這一天，千千致遠陪著婆婆，遊了俄亥俄河，看了市政廳廣場，坐了馬車，又在外頭吃了一頓泰國餐。三人晒得黑猴似地回了家。臨睡了，致遠遞給千千一個盒子：「拿了換上，那麼舊的衣服，還穿。」

千千打開來，是一件新睡袍。

致遠從來沒給她買過東西。倒是南山，天天見面，還給她送卡。卡上畫著一顆粉紅色的心，被利箭射得鮮血淋漓的，上面寫著些只能看不能唸給人聽的話。南山不只懂得送卡，也懂得送花。花也不是尋常見的那些花。淺藍的康乃馨，蜘蛛網那樣的仙人掌，插在細頸酒瓶裡的芹菜葉子。南山總是不肯落了俗套。

所以南山對養家餬口這一類的俗事不感興趣。南山在碼頭路邊畫畫所得的錢，剛夠他抽菸坐咖啡館。剩下的家用，全靠千千打工來掙。千千打工的錢，只夠養南山，卻不夠養南山的夢。有一天，南山看了一本《國家地理雜誌》，就背了行囊去新墨西哥州畫蝙蝠去了，不再歸來。

千千穿著新睡衣，躺在床上，從腳心到頭頂都刺刺地癢。翻來覆去地撓著，聽見地上也是窸窸窣窣地響。直到後半夜，方安靜下來。再一睜眼，天就大亮了。慌慌地起了床，見婆婆在廚房裡嗶嗶剝剝地煎雞蛋。就來搶。婆婆搶不過，只好讓了，嘆著氣：「小遠除了讀書，別的沒有一樣行的。這些年在外頭，若沒有你……」

千千笑笑，說：「他，能著呢。」喉嚨突然就堵了上來。

送走了婆婆，千千收拾了自己的東西，就開車回學校去。致遠送千千到停車場，低頭盯著腳尖看，風吹得頭髮飛揚起來，裡頭竟有幾絲白的了。站了一會兒，又沒話，揮揮手讓千千去了。

千千回到學校的宿舍，進門就看見錄音電話上的紅點一閃一閃的。撳下來，果真有人留言：

「千千，你的戒指忘在我這兒了，晚上給你送去。有句話，不知你肯不肯聽？兩個人過，好歹強過一個人。我讓一大步，你讓一小步，好嗎？」

千千放了電話，眼淚就涼涼地流了一臉。

母親

母親要來多倫多探親，蘇偉請了半天假，在家收拾房間。

蘇偉已經好些年沒見過母親了。前次見面，是臨出國的時候，他帶了女兒月亮回老家辭行。從那時至今的八年裡，蘇偉的生活裡已經有了很多新的內容。首先，他和妻子曉燁都已經讀完了學位，找到了工作，在多倫多定了居。他在一家製藥廠當藥檢師，曉燁在一家石油公司做電腦網絡管理。再者，他們的女兒月亮已經從一個流清鼻涕的三歲小丫，長成一個十一歲的半大姑娘了。而且，他們的住處，也從一個兩室一廳的小公寓，變成了一所四室兩廳的二層洋樓。

關於母親的住處，蘇偉兩口子有過一些激烈的討論。蘇偉覺得母親的眼睛不好，怕上下樓梯摔跤，應該住在樓下進門的那間房。曉燁說樓下這間房是她的辦公室，先不提辦公桌搬起來極是笨重，電話傳真電腦打印機重新布線，也要費老事。兩人爭執了半天，結果是蘇偉的意見勝出。蘇偉的意見勝出，是因為蘇偉的一句話。蘇偉說母親來探親，沒有醫療保險，若真摔了，醫療費用將是一筆碩大的開銷。這句話一下子把曉燁鎮住了。曉燁沉吟了半天，才說：要搬你搬，我不管。蘇偉知道這就是同意的意思了。

蘇偉找了個朋友來幫忙，花了三四個小時把曉燁的辦公室搬妥當了，這才來收拾母親的房間。母親的房間其實沒有什麼好收拾的，只有一個小茶几，一張沙發床，白天收攏來當椅，晚上撐開了當床。被褥都藏在壁櫃裡，倒都是新買的。收拾完了，屋子極是簡單潔淨，沒有一樣花哨的物件——正是母親平日喜歡的樣子。

機場裡接了母親，母親的模樣倒沒什麼大變，只是身架更是矮小了一些。母親自然是完全不認得月亮了。蘇偉對月亮說這是奶奶，小時候你在奶奶家裡住過的，滿屋瘋跑追奶奶家的貓，記得不？月亮茫然地搖著頭。母親把鼻子湊得近近地打量兒子，不像是看人，倒像是貓在聞食。「頭髮哪兒去了？瘦成這個樣子。」母親摸著兒子的手，嘖嘖地嘆氣。「還是你媳婦比你強，腰圓肚圓的，一看就是身體好。」蘇偉捅了母親一下，讓母親住嘴。曉燁這些年一直在嘗試各種各樣的減肥祕方，最聽不得人說她胖。

母親的眼病，已經有很多年的歷史了。至今回想起來，蘇偉總覺得是自己偷了母親的眼睛，自己的那份光亮，原是踩在母親的肩膀上得來的。

蘇偉的父親去世很早，他和兩個哥哥都是靠著母親在皮鞋廠工作的微薄工資養大的。母親基本不識字，幹的是全廠最髒最低下的工種——橡膠車間的剪樣工。母親日復一日的任務，就是把剛從滾筒裡撈出來的熱膠皮，按固定的尺寸剪出鞋底的雛形。這個工種是母親自己要求來的，因為生膠有毒性，橡膠車間的工人，每個月可以拿到四塊錢的營養費。

生膠一碰就黏色。母親下班回到家，脖子是黑的，手是黑的，一笑，額上的淺紋也是黑的。洗了又洗，洗出好幾盆墨汁似的水來，潑了，就操持一家人的晚飯。飯很簡單，幾乎全是素的，卻有菜有湯。吃完飯，收拾過碗筷，母親就坐下來，開始織毛衣。母親會織很多種的花樣，平針，反針，疊針，梅花針，元寶針。母親的毛衣都是替別人織的，母親自己的毛衣，卻是拆了勞保手套的紗線織的，穿在身上，顏色雖然黃不黃白不白的，樣式倒是合身新穎的。母親給別人織毛衣，織一件的工錢是兩塊錢。遇到尺寸小花樣簡單的，一個月可以織五六件——當然是那種馬不停蹄的織法。

蘇偉生在亂世，那個年代幾乎所有的食品都憑票供應。江南魚米之鄉，竟也開始搭配百分之二十的粗糧。家裡三個男孩，齊齊地到了長身體的時候，口糧就有些緊缺起來。母親只能用高價買下別人不吃的粗糧，來補家裡的缺。每天開飯的時候，母親總讓兒子先吃。等到母親最終摘下圍裙坐下來的時候，那個盛白米飯的盆子已經空了。地瓜粉做的窩頭雖然抹了幾滴菜油，仍然乾澀如鋸末。母親嚼了很久，還是吞不下去，直嚼得額上脖子上鼓起一道道青筋。蘇偉看得心縮成緊緊的一個結，可是到了下一頓，依然無法抵禦白米飯的誘惑。

母親常年營養不良，又勞累過度，身體就漸漸地垮了。有一天晚上，三個孩子正圍著飯桌做功課，突然聽見母親嚷了一句怎麼又停電了？蘇偉說沒停電呀，母親那邊半晌無話。再過了一會兒，蘇偉就聽見了一些窸窸窣窣的聲音，才發現母親哭了——母親的眼睛突然看不見了。

母親的眼睛壞了，不能再做剪鞋底的工作了，就調去了最不費眼力的包裝車間，給出廠的鞋子裝盒。母親也不能再織毛衣了。失去了營養費和織毛衣這兩項額外收入，家境就更為拮据了。三個孩子就是在那個時候才真正懂事起來的。每天做完作業，就多了一項任務——糊火柴盒。糊兩個火柴盒能得一分錢，每天糊滿一百個才睡覺。糊火柴盒的收入孩子們只上交一部分，另一部分自作主張拿去給母親買了魚肝油。

母親的眼睛時好時壞——卻終究沒有全瞎。

後來三個孩子都成了家，大哥二哥搬出去住，蘇偉也大學畢業去了省城。母親這些年始終自己一個人過，卻不願和任何一個兒子住在一起。蘇偉是母親最疼的一個老兒子，所以當蘇偉提出要母親來多倫多探親的時候，母親雖有幾分猶豫，最後還是來了。

母親是個節省的人，到了哪裡都一樣。在蘇偉家，母親捨不得用洗衣機和烘乾機。母親自己的衣服，總是手洗了掛在衛生間裡晾乾。走進衛生間，一天到晚都能看到萬國旗幟飄揚，聽見滴滴噠噠的水聲。曉燁說地磚浸水要起泡的，衛生間總晾著衣服，來客人也不好看。曉燁說了多次，母親就等到早上他們都上了班才開始洗衣服，等下午他們快下班了就趕緊收拾起來。地上的水跡，母親是看不清的。母親自己看不清，就以為別人也看不清，曉燁的臉色就漸漸難看了起來。

母親操勞慣了，到了兒子家裡，也是積習難改，每天的頭等大事，就是做上一桌的飯菜，等著兒子兒媳下班。母親做飯，還是國內的那種做法，薑蔥蒜八角大料紅綠辣子，旺火猛炒，一屋的油煙彌漫開來，惹得火警器嗚嗚地叫。做一頓飯，氣味一個晚上也消散不了。家具牆壁上，很快就有了一層黏手的油。

曉燁說媽您把火關小些。蘇偉也說媽您多煮少炒。母親回嘴說你們那個法子做出來的還叫菜嗎？勉強抑制了幾天，就又回到了老路子。後來，曉燁就帶著月亮在外頭吃飯，吃完了帶些外賣回來，給蘇偉母子吃，才算勉強解決了這個問題。只是母親無飯可做了，就閒得慌。母親不懂不懂英文，母親連普通話也說得艱難。所以母親不愛看書看電視，更不愛出門，每天只在家裡巴巴地坐著，等著兒子回來。蘇偉下班，看見母親一動不動地坐在黑洞洞的客廳裡，兩眼如狸貓熒熒閃光，就嘆氣，說媽這裡電費便宜，開一盞燈也花不了幾個錢。

母親近年學會了抽菸。母親在諸般事情上都節省，可是母親卻不省抽菸的錢。母親的菸是國內帶來的。兩只大行李箱裡，光菸就占了半箱。母親別的菸都不抽，嫌不過癮，母親只抽雲菸。母親還愛走著抽菸，菸灰一路走，一路掉。掉到地毯上，眼力不好，又踩過去，便是一行焦黃。曉燁一氣買了六七個菸灰缸，每個角落擺一個，母親卻總是忘了用。母親的牙齒熏得黃黃的，一笑兩道粉紅色的牙齦。用過的毛巾茶杯枕頭被褥沒有一樣不帶著濃烈的菸臭。

母親一輩子想生閨女，結果卻一氣生了三個兒子。大兒子和二兒子生的也是小子，只有老兒子得了個閨女，所以母親很是稀罕月亮，見了月亮就愛摟一摟，親一親。月亮說不要碰我。月亮說的是英文，母親聽不懂，卻看出月亮是一味地躲。母親伸出去的手收不回來，就硬硬地晾在了空中。蘇偉豎了眉毛說月亮你聽著，你爸爸都是你奶奶抱大的，你倒是成了公主了，碰也碰不得？曉燁不看蘇偉，卻對母親說：月亮不習慣菸味，從小到大，身邊沒有一個抽菸的。母親聽了，神情就是訕訕的，從此再也不敢碰月亮。

母親的簽證是六個月的，可是母親只待了一個半月，就提出要走。其實母親是希望兒子挽留的。可是曉燁沒說話，蘇偉就不能說話。母親雖然眼力慣不好，母親卻看出了在兒子家裡，兒子得看兒媳婦的眼色行事。

兒子得看兒媳婦的眼色行事，是因為兒子事事都比兒媳婦落後一截。兒媳婦先出的國。兒媳婦先得的學位。兒媳婦先找的工作。兒媳婦的工資，也比兒子高出幾個台階。兒媳婦倒也不是自行走在前面，丟了兒子不顧的。兒媳婦總是先走幾步，停一停，伸手拉兒子一把，等兩人並行了，才又接著往前走。兒媳婦沒有嫌兒子慢，母親就已經謝天謝地了。

母親來的時候剛過了新年，走的時候是開春了。航班是大清早的，天還是冷，曉燁和月亮都睡著，蘇偉一個人開車送母親去機場。一路上，蘇偉只覺得心裡有一樣東西硬硬地堵著，氣喘得不順，每一次呼吸聽起來都像是嘆氣。

泊了車，時間還早，蘇偉就領著母親去機場的餐館吃早飯。機場的早飯極貴，又都是洋餐洋味。蘇偉一樣一樣地點了一桌子。母親吃不慣，挑了幾挑就吩咐蘇偉打了包。母親連茶也捨不得留，一口不剩地喝光了。母親的手顫顫地伸過飯桌，抓住了蘇偉的手。母親的手很是乾癟，青筋如蚯蚓爬滿了手背，指甲縫裡帶著沒有洗淨的泥土——那是母親昨天在後院收拾隔年落葉留下的痕跡。

「娃呀，你聽她的，都聽。媽年輕的時候，你爸也是順著我的。」母親說。

母親在將近四十的時候才懷了他，小時候母親從不叫他的名字，只叫他娃。母親的這個娃字在他堵得嚴嚴實實的心裡砸開一個小洞，眼淚無聲地湧了出來。他跑去了廁所，坐在馬桶上，扯了一把紙巾堵在嘴裡，啞啞地哭了一場。

走出來，他從口袋裡掏出一個信封，塞在母親兜裡。

兩千美金。大哥二哥各五百，您留一千。

蘇偉陪著母親排在長長的安檢隊伍裡，母子不再有話。臨進門的時候，他遲疑了一下，才說：哥寫信打電話，別提，那個，錢，的事。

送走母親，走出機場，外邊是個春寒料峭的天，早晨的太陽毫無生氣冰冷如水，風刮得滿樹的新枝亂顫。蘇偉想找一張手紙擤鼻涕，卻摸著了口袋裡那個原封不動的信封——母親不知什麼時候又把錢還給了他。

那天蘇偉坐進車裡，啟動了引擎，卻很久沒有動身。汽車噗噗地喘著粗氣，白色的煙霧在玻璃窗上升騰，聚集，又漸漸消散。視野突然清晰了。就在那一刻，蘇偉覺出了自己的不快活，一種不源於曉燁的情緒的，完全屬於他自己的不快活。

棄貓阿惶

♧

♧

鬧鐘一陣叮啷狂響，將小楷從夢裡驟然擂醒。坐起來，心猶跳得萬馬奔騰的。拽過一角被子來捂在胸口，方漸漸地平伏了些。從被子裡探出一隻腳來撳床尾的鬧鐘，卻死活撳不下去，才猛然明白過來今天是單週的週六，不上班。那響動不是鬧鐘，是門鈴。

是尚捷送阿惶來了。

小楷咚地一聲跳下地來，衝進洗手間，嘩嘩地開了龍頭。刷牙是來不及了，只能蘸濕了一根指頭上上下下抹了抹牙齒，又掬了一小把涼水將頭髮胡亂順了順。鏡子裡的那張臉帶著兩抹初醒的潮紅，看著馬馬虎虎還算順眼——這才趿了拖鞋踢踢塌塌地去開門。

一邊走，一邊想，其實，自己什麼樣的爛樣子尚捷沒有見過呢？那段日子，過得人不人鬼不鬼的，自己竟然沒有在乎過。現在還在乎什麼呢？

那時小楷剛來多倫多，尚捷還在大學裡念博士學位。導師手裡只有半份獎學金，那另外的半份，是要靠小楷打工來掙的。都是打工，小楷和其他陪讀太太打的卻不是一樣的工。其他的太太們都是風裡來雨裡去搭地鐵轉公車，要麼去中餐館洗碗當女招待，要麼到華人超市揀菜收銀，而小楷卻從來不需要出門。小楷的工作是看護公寓樓裡一家鄰居的三個孩子，各是五歲三歲和八個月。早上上班之前父母把孩子擱到她家，晚上下班之後從她家裡領回去。衣服食物飲料等一應用品，都是父母準備好的，一天一個大包，她只需要伸出手來接一把就可以了，連門檻都不用邁出去。她既然不需要出門，也就不用操心衣著打扮的事。早上起床是什麼樣子，晚上上床也是什麼樣子。一天除了刷牙的時候免不了在鏡子跟前晃一晃，她幾乎連自己長得什麼樣子都記不得了。出國前置辦的一箱子時髦衣裝，在衣櫥裡一動不動地掛了幾年。當她終於想起來的時候，卻已經胖得穿不進去了。那時尚捷的心思都在論文上，家對他來說也就是吃一頓飯睡一宿覺的地方。她以為他根本沒有在意她的樣子，可是她錯了。等到她意識到這個問題的時候，事情已經進入了一個不可逆轉的漩窩。

外邊下雪了。

今年是個短秋，枝頭的葉子還沒有落完，冬就來了。雪是那種毫無重量的乾雪，飄在空中，是灰濛濛一片的粉塵。落到地上，還是粉塵，只是顏色更髒了些，半天也踩不出一滴水珠來。風像一匹餓久了的狼，聲色淒厲，卻沒有多少力氣，樹枝搖得有些虛張聲勢。小楷開了門，看見尚捷站在門口，脖子矮在絨衣領裡，結了霜的眼鏡像兩塊過期泛潮的橡皮膏，模模糊糊地貼住了兩隻眼睛。大衣前襟鼓鼓囊囊的，裡邊裹的是阿惶。

尚捷一進門，阿惶就從他的懷裡躥出來，搖搖晃晃地朝小楷滾過來，咻咻地聞著小楷的腳趾頭。挨個聞過了，就將身子往地上一倒，攤開四蹄，露出黃黃的一個肚皮。小楷知道那是要她撓癢的意思，就蹲下身來，上上下下地撓了起來。阿惶頓時嘴大眼小起來，呼嚕聲大作。撓了幾個來回，小楷突然發現阿惶的左前蹄軟軟地蜷成一個球，總也不肯伸展開來，就拿手去掰。這一掰，阿惶就呼地站了起來，連連退了好幾步——卻用的是三條腿。

「昨晚從樓梯上摔下來，可能傷了筋骨。觀察幾天，若還不好，就得去看動物中心的獸醫。」尚捷說。

阿惶是一隻三歲半大的母貓，是小楷尚捷從動物收留中心領養的。那時尚捷每晚都要去學校準備論文，留小楷一個人在家裡，看不懂英文電視，又沒有什麼朋友可以談天，很是無聊寂寞，就央求尚捷養一隻狗做伴。說了幾次，尚捷都不吭聲。後來實在逼不過，才說有時間學點英文不好嗎？托福班口語班寫作班，什麼程度都有，隨便找個班都行。小楷說這三個小鬼累了我一天，學不進去呀。尚捷的臉緊了一緊，說那你就準備這麼做一輩子睜眼瞎？起碼你得聽得懂醫生警察天氣預報吧？小楷嘻皮笑臉地說我不是有你嗎？咱倆有一個通英文就行了。這一輩子，我反正是賴上你了。尚捷無話，半晌，才嘆了一口氣，說天天溜狗太麻煩，不如養一隻貓吧。

第二天兩人到寵物商店一問價格，伸出去的舌頭半天沒有縮回來，卻再也不提這個話題了。後來有同學告訴他們東城有一個動物收留中心，可以免費領養動物。兩人去了那裡，幾個大廳，滿滿的都是籠子，橫看成排豎看成條，裝的都是貓狗。小楷喜歡純白的，尚捷喜歡帶花點的，一時看花了眼，卻只是決定不下。工作人員帶著他們去了盡裡頭的一個角落，指了指一個掛了紅牌的鐵籠，嘆了口氣，說：

「這一隻，今天再沒有人領，明天就得處理掉了。」

籠裡是一隻黃狸貓，身子極小，雙眸卻大如琉璃珠，一張臉上除了眼睛似乎一無所有。毛髮稀疏斑駁，背上有一塊銅錢大小的禿斑——像是燙傷。見人來，只往角落裡退，退到再無可退之處，就將脊背拱起，幾根瘦毛直直地張開，如風裡的蒲公英。

「這一窩貓一共是四隻，被主人遺棄在高速公路上，都受過傷。我們收留後，治癒了，其他三隻很快就被人領養了，這隻因為身上有塊疤，破了相，一直沒有人要。收留中心的地方小，動物太多。如果兩個月內沒有人領養，就不得不注射處死。明天牠就滿兩個月了。」

小楷問牠有名字嗎？說有，叫耶露。小楷的英文雖然有限，也知道耶露翻成中文，就是阿黃的意思。小楷輕輕叫了聲「阿黃」。沒有回應。又叫了一聲。依舊沒有回應，那高聳的脊背卻漸漸地平伏了些下去。小楷從兜裡掏出一張口香糖紙，窸窸窣窣地揉成一團，放在掌心，將手伸進籠裡引阿黃。阿黃遲疑了半晌，終於緩緩地走過來，將鼻子湊在紙團上，咻咻地聞了幾下，突然伸出舌頭，舔了一下小楷的手。工作人員說神了神了，這個耶露，從來不理人的，倒和你有緣呢！沒話說，牠就是你的了。耶露濕漉漉地看了小楷一眼，小楷心裡不由地牽了一牽，回頭看尚捷，尚捷頓了一頓，說就是牠吧。

工作人員千恩萬謝地準備著一應領養文件和搬運的紙箱，說耶露今後的一切醫療費用，都由中心負責，有病有痛就來看我們的獸醫。小楷捧著紙箱坐進車裡，像是捧了一件易碎瓷器，一路阿黃阿黃地叫個不停。尚捷忍不住笑了，說看牠那副惶惶不可終日的樣子，還不如叫阿惶呢。

於是阿黃正式易名阿惶。

阿惶跟小楷尚捷到了家，馬上鑽進了床底下，任千呼萬喚只是不出來。尚捷將動物收留中心送的貓食倒在一個小碗裡，放在床頭，又在旁邊擱了一碟子水，阿惶卻正眼也不瞧一下。第一天是這樣。第二天還是這樣。到了第三天早上，小楷再也忍不住了，就給動物收留中心打電話討教。那邊的獸醫說狗跟主人走，貓跟環境走。環境變了，貓就什麼也認不得了。只有找出牠最喜歡的口味，耐心哄誘牠吃。小楷和尚捷立刻跑去寵物商店，買了一堆各樣口味的貓食，擺開五六個盤子，哄阿惶吃，阿惶依舊不吃不喝不動。到了第四天晚上，兩人聽著床底下一絲動靜也無，以為阿惶死了，就頂了一頭灰塵爬進床底下查看。慌慌地拖了阿惶出來，已是氣若游絲了。尚捷靈機一動，想起冰箱裡有一瓶牛奶。就將牛奶放在微波爐裡溫和了，倒在一個小瓶子裡，灌給阿惶喝。阿惶雖是百般不情願，卻已經沒有力氣掙扎了，竟由著他倆灌了大半瓶。喝過了，眼睛一瞇，就歪在小楷的身上睡了過去。

小楷摟著阿惶，一動也不敢動，就怕阿惶醒了又要逃走，結果和衣在沙發上半睡半醒地對付了一宿。第二天一早醒過來，手麻得如扎了千根萬根細針，阿惶卻沒了。剛要找，尚捷噓了一聲，指指床頭，只見阿惶正蹲在地上大口大口地吃食。陽光炸開一條白帶，照得阿惶遍體燦黃，屋裡的灰塵若金粉銀粉四處飛舞，小楷瞬間感覺輕鬆如飛塵，忍不住叫了一聲「阿惶你怎麼可以這麼氣我呀」，阿惶一驚，尾巴一抖，飛快地竄回了床底下。

阿惶終於在小楷尚捷的家中漸漸地安居下來。阿惶在高速公路上逃生的過程中大概受到過很多驚嚇，所以阿惶很有些神經質。阿惶習慣了吃偷來之食，對於本屬於牠的食物反而膽戰心驚，不知所措。阿惶吃食時十步之內不能有人，略聞人聲，就夾起尾巴逃之夭夭，寧願餓死，也不願出來。小楷餵貓，都得阿惶阿惶地喊上半天，把碗敲得叮噹亂響，然後躲進廁所，大氣也不敢出，從門縫裡偷看阿惶鬼鬼祟祟一步一回頭地從角落裡踅出來，兩個耳朵豎得尖刀似的，哆哆嗦嗦戰戰兢兢地吃完了食，才敢從廁所裡走出來。阿惶的這個怪癖，一直到半年以後，才漸漸有些好轉。也就是從那時開始，阿惶才漸漸地像了一隻家貓。

開始時阿惶只是小楷的阿惶，尚捷在家的時間少，有時看見阿惶追著自己的尾巴團團轉，在地板上跑出一個又一個的黃圈圈，也覺得好玩，但尚捷的心思，卻是沒在阿惶身上的。阿惶最終也成為了尚捷的阿惶，還是小楷和尚捷第一次大爭吵之後的事。

那次爭吵的起因，只是一件小事。尚捷回家洗澡，發現換洗的內褲沒有了——一大簍的髒衣服，都還沒來得及洗。尚捷一邊把髒衣服往洗衣機裡扔，一邊忍不住叨叨，說一整天都在家的，也不知都幹些什麼了。那天小楷照看的孩子在生病，特別鬧，小楷累了一天，正沒好氣，回話的語氣就很是惡毒。

「整天在家，啥也沒幹，就掙了點房租。」

尚捷被這句話悶悶地杵了一棍子，卻是無話可回的。半晌，才哼了一聲，說：「農民意識，到了哪裡也改不了。」

小楷的家裡是地地道道的農民，小楷是山溝裡飛出來的金鳳凰，小楷一輩子最聽不得的一句話就是農民。尚捷知道小楷的七吋在哪裡。尚捷正正地打在了小楷的七吋上。小楷的頭髮根根直立起來，雙目圓睜，眼白流了一臉。小楷把桌上的盤碗嘩啦啦地捋到了地上，碎瓷片把地割得千瘡百孔。一桌的飯菜還沒嚐上一口，尚捷就摔門走了。

那天晚上尚捷沒有回來。小楷有些慌了，把所有同學朋友的電話都打遍了，也沒有找到尚捷。當時小楷完全沒有意識到，屬於尚捷的另外一個故事，就是在那一個夜晚漸漸拉開序幕的。那晚尚捷去了學校的圖書館，一直待到圖書館關門，不想回家，又無處可去，才去買了一張票子，去看午夜場的電影。偌大的一個電影院，只有兩個人。一個是他，另一個是同樣吵架出走的她。素昧平生的兩個人，卻把八輩子也沒有和任何人說過的話，都說了。其實最開始時不過是一些情緒在鼓譟著，待情緒平伏些了，才漸漸梳理出些潛藏在情緒之下的同病相憐。同情像毒品，吸一口便放不下了，越有就越想有，越給就越願意給。他們咕咚一聲就掉進了一個深不見底的大黑洞。

那天尚捷凌晨才回家。當他的腳步在過樓上窸窸窣窣地響起時，是阿惶首先聽見的。阿惶從沉睡中驟然驚醒，抖了抖耳朵從窩裡飛躍而起，箭一樣地奔向門口。尚捷把鑰匙捅進鎖孔，剛把門打開一條細縫，阿惶便將身子縮成一條扁片，從門縫裡嗖地擠了出去，瘋狂地撲到尚捷身上，雙蹄不停地刨著尚捷的膝蓋，舌頭舔得尚捷手背生疼。那天阿惶的舉動看上去不像貓，倒更像是一條與主人久別重逢的忠心耿耿的狗。阿惶的舌頭觸到了尚捷心裡極深的一個地方，一團一團的柔軟水一樣地湧了上來，堵住了他的喉嚨。他與阿惶就是在那一刻裡突然有了相知的。從那一刻開始，阿惶就不再僅僅是小楷的阿惶了。所以當尚捷決定搬出去住的時候，他堅決要求帶走阿惶。那陣子阿惶的歸屬是他們兩人之間鍥而不捨的話題，他們像爭奪兒女監護權一樣地一輪一輪地爭奪著阿惶，最後阿惶被他們從中間撕裂了，一人取了一半——單週歸小楷，雙週歸尚捷，週六早上交接，由上家交給下家，雷打不動。

這週是小楷的日子，說好是尚捷早上九點送阿惶來的。小楷前一天晚上準備期末考試，到三點鐘才上床，早上醒得晚了，所以尚捷來時，小楷還在床上。

傷了腿的阿惶蜷著一隻蹄子縮在牆角，突然顯得皮乾毛瘦，兩眼無神。小楷看得心疼，就去櫃子裡掰了一塊貓餅，餵到牠嘴邊。阿惶躲來躲去躲不過，只好勉強咬了一小口，團在嘴裡，卻不肯吞嚥下去。小楷想起從前在鄉下的時候聽人講過，牲畜跟人不同，牲畜病了痛了不愛喊叫，卻願意躲著人獨自療傷。

阿惶是不想讓別人看見牠舔傷的樣子呢。小楷想。

「英文，還跟得上嗎？」尚捷頓了一頓，問小楷。

過了一會兒，小楷才意識到這是一個與阿惶無關的話題。小楷一時不備，被這個話題砸著了，身子就晃了一晃。小楷點了點頭，卻沒有說話。小楷知道自己一開口，她的聲音就會在她結著千年老皮的心尖上鑿開一個口子，那口子底下，是一汪舀也舀不乾的水。她不能，一定不能，在尚捷面前流淚。

空氣在沉默中漸漸堆積如山，重重硬硬地硌壓得人肩胛生疼。尚捷扛不住，就往外走。走到門口，又轉過身來，說阿惶要不好就給我打電話。小楷點頭，卻依舊不說話。門開了，又關了，尚捷變成了一條灰色的影子，消失在樓道上。其實小楷眼睛略微一斜，也許有可能看見等在樓道裡的，隱隱約約的那個人影。可是她沒有。尚捷的事，她從別人嘴裡聽說過一鱗半爪。可是她從來都沒有問過他——即使是在最撕心裂肺的爭吵之中。她固執地以為，只要那個人不存在她的視野中，那個人就不存在世界上。

尚捷是在畢業找到工作之後才搬出去住的。尚捷其實很早就想搬出去，尚捷遲遲沒有動身，是為了等候小楷拿到永久居留身分。小楷知道尚捷如她手裡的風箏，線已經磨得只剩了一根絲，拽在她手上的，只不過是一截繩茬子，說斷就斷。別人看見的是繩茬子，而她卻一清二楚地看見了絲。

尚捷正式搬走的那個晚上，只帶走了幾本書。其他的日用物件，早已經陸陸續續地拿走了。小楷躺在床上，緊緊地蒙在被子裡，依稀聽見門外尚捷走來走去的腳步聲。被子是她的窩，她的繭，她的屏障，外邊的世界險象環生，她不肯看，也不能看，一看她就給吞食進去了。隔著一層被子，世界就隔在了千山萬水之外。被子裡面的天地是乾淨的，太平的。她聽見尚捷在門外說：銀行帳號改了你的名字，有問題找說中文的職員。尚捷停了一停，見小楷沒有回應，就走了。

尚捷的腳步聲蠹蠹地消失在過道上。小楷覺得有一根尖銳的針，將她的胸口刺穿了一個小洞。她的魂從那個洞裡鑽出來，一下子飄到了天花板上。她的魂高高在上地俯看著她的肉體。她的魂一遍又一遍地說：追，追他回來。她的肉體卻如一堆剔去了骨頭的爛肉，毫無力氣地縮在床上。她的魂指揮不了她的身體，她的魂和她的身體格鬥了整整一夜。天亮時她浮浮地起了床，感覺把腿留在了床上。沒有腿的身子棉絮一樣地在房間裡滾來滾去，滾到了洗手間，接了一杯水刷牙。咚的一聲，她的杯子裡落下了一塊汙黃色的石頭。她盯著石頭看了半晌，才明白過來那是她的牙齒，她掉了一顆牙。

她把那顆牙撈出來，緊緊地捏在手心，恍恍惚惚地走到陽台上。初醒的太陽勁道很足，晒得她皮膚生疼。街音挾帶著夏日早晨的第一股熱流轟地朝她湧來，幾乎將她一把掀翻。樓下的街道如剛剛晾乾的灰布匹，拉扯到很遠很遠的地方，有幾隻蟲子在上面爬來爬去——那是車子。小楷搬出一張凳子，緩緩地往陽台的欄杆上爬去。突然，她感覺到了羈絆。

是阿惶。

阿惶咬著她的褲角，死死不放。她狠狠地踢了一腳，阿惶被踢出去很遠，撞到屋裡的茶几角上。阿惶爬起來，坐在地板上嗚嗚地哭了。阿惶的眼淚是紅色的，阿惶的眼睛裡流出的是血。小楷突然驚醒了，小楷的魂咕隆一聲掉回了小楷的身體。小楷的身體就重了起來。

小楷走過去抱阿惶，阿惶不給抱。小楷進一步，阿惶退一步，兩個中間隔的是不多不少整整的一步。阿惶一噎一噎地喘著氣，雙目定定地看著小楷，小楷的身上就有了許多洞眼。

小楷低了頭，在牆角找到了一個廢棄的花盆，把那顆落牙栽種了下去，按上農林大學時的舊習慣，做了一張卡片，插在盆邊：

種植時間：六月七日
科屬：忍冬類
種植環境：暗無天日
株距：無依無靠
開花日期：永不
最佳肥料：自生自滅

第二天小楷就給鄰居打了個電話，辭去了照看小孩的工作。又坐車去唐人街買了一部英文學習機，捧著學習機，上網查詢各專上學院的資料。一個星期之後，小楷在一家咖啡館找到了一份做三明治的半職工作，早上上班，下午去移民中心補習英文。半年之後，小楷進入了政府資助的西尼卡學院夜校部就讀，學的是園藝。

轉眼小楷就是二年級的學生了。二年級的下學期，學生就有機會參加實習。小楷已經給實習單位交了履歷表。申請的學生很多，用人單位要看期末考試成績做篩選，所以小楷把這次考試看得很重，一點也不敢怠慢。

小楷夾了一片麵包泡了一杯茶，就把自己關在屋裡準備考試，一直到晚飯時節飢餓難忍了才出屋準備做飯，走到廚房突然想起一天沒餵阿惶了。回頭一看阿惶依舊三腳鼎立地窩在牆腳，連姿勢都沒有換過，便忍不住走過去，將阿惶抱了起來，只覺得阿惶比平日輕了些。小楷把手指伸進阿惶嘴裡，說阿惶你別是絕食吧？是你爸爸虐待你了？還是那個人虐待你了？阿惶輕輕地咬了咬小楷的指頭。小楷知道阿惶要和她說話呢，就嘆氣，說苦啊你，有話也說不出。就將阿惶放下，倒了一碗新鮮的硬食餵牠。阿惶聞了一聞，舔了一口在嘴裡，牙疼似地嚼了幾嚼，又吐了出來。小楷就罵：這個刁嘴，餅不吃，硬食不吃，餓死你拉倒。卻又開了一個軟食罐頭，挑了一勺濕肉放在硬食旁邊。阿惶吃了幾口，也是不了了之。

這天夜裡小楷突然被一聲巨響驚醒，披衣出來查看，只見阿惶誠惶誠恐地蹲在地板上，抖抖嗦嗦地尿了一灘。原來是阿惶撒尿時又滑了一跤，把裝貓砂的盆子撞飛了，砂子滾了一地。小楷正想罵，突然想起從前聽人說過貓的平衡能力出奇的好，極少摔跤的，莫非阿惶的平衡系統出了毛病？這一想，睡意就沒了。等到早上，就急急地要給動物中心的獸醫急診部打電話。找了半天，卻找不到那邊的電話號碼，只好問尚捷打聽。尚捷說了句我跟你一起去，也不等小楷回話，就咚地掛了電話。

兩人送了阿惶去動物醫院。阿惶進了檢查室，小楷坐在外邊等，腦子裡是一團的爛棉絮，捧了一本書，怎麼也看不下去，認得裡邊的每一個字，卻串不起一整句話來。只聽見尚捷在旁邊說該不是吃壞了什麼東西吧？阿惶從不亂拉屎撒尿的。小楷想說前個星期還好好的，怎麼從你那裡回來就這個德性了？可是小楷緊緊地咬住了嘴唇，最後從那兩片嘴唇裡漏出來的，只是一聲介乎於哼和哦之間的模糊回應。

醫生終於出來了。醫生慢吞吞地脫下手套和口罩。醫生面容極是疲憊，剛剛上班卻看上去像是熬過了幾個通宵。

腦瘤。很大。壓迫視覺聽覺神經，現在牠是個瞎子聾子，所以才常常摔跤。

也危及吞嚥神經，造成吞嚥困難，無法進食。

牠在慢慢地痛死，是鈍刀割肉的那種痛法。當然，牠也有可能在痛死之前就已經餓死了。

如果，你真愛阿惶，你應該盡早讓牠安靜地死去。你不能想像，牠現在正在經歷的，是什麼樣的痛苦。
護士把阿惶抱了出來，阿惶顫顫地抖著，身子縮成了一個毛蛋。小楷接過阿惶，阿惶的鼻子涼涼地貼了貼小楷的鼻子，喑啞地叫了一聲。與其說小楷聽見了阿惶的叫聲，倒不如說小楷感到了阿惶的叫聲。
如果你們決定了，要盡快預約時間，等候的動物很多。
小楷看見醫生的嘴巴一張一闔的，從裡面飛出的是一把一把的針，將她扎得遍體鱗傷。
回家的路上，小楷解開大衣，把阿惶包進懷裡。阿惶漸漸地安定下來，不再顫抖了，小楷卻抑制不住地發起抖來。牙齒和牙齒，關節和關節，肌肉和肌肉，身上每一個略微堅硬之處都在相互撞擊，撞得她所有的思緒都散如沙石。
不能，一定不能，在這個人面前哭。
這是小楷唯一能撿拾起來的一粒石子。

尚捷送小楷到了家，車停在公寓門前的停車場裡，兩人卻都無話。半晌，尚捷才遲遲疑疑地問：「要不，我明天打電話，去約時間？」

「搗你十娘！」

小楷抱了阿愷轉身就走。過了一會兒她才意識到，剛才她罵了一句她們老家的男人在窮凶極惡的時候才會說的，極髒極惡的話。

約的時間出乎意料地快，是第二個星期六。

星期五的晚上，小楷給阿愷洗了一個澡。阿愷的毛已經很稀疏了，幾乎可以看到了身上的肉。只有頭上脖子上的還依舊濃重。小楷拿了一把小梳子，給阿愷梳了兩根辮子，又綁上粉紅色的絲帶。阿愷不習慣，仰著頭在牆上蹭，終於將辮子蹭散了。小楷就嘆氣，說阿愷啊阿愷，你也這樣不愛打扮嗎？看明天誰願意討你做老婆。說完了，才想起阿愷是沒有明天了。

九點多的時候門鈴響了，是尚捷——來守阿愷的。尚捷帶了睡袋，在客廳睡。阿惶已經在小楷的枕邊睡著了，響著輕輕的鼾聲。阿惶幾乎完全吃不下東西了，所以阿惶一天的大部分時間都在昏睡。小楷聽見臥室門外有些窸窸窣窣的響動，知道是尚捷在鋪睡袋。過了一會兒，那窸窸窣窣的聲響漸漸地響到了房門口。小楷把燈關了，世界頓時黑了下來，所有的聲音都死寂了下去。再過了一會兒，又有些窸窸窣窣的聲響，這回卻是漸行漸遠了。

半夜小楷醒來，推開房門，看見客廳裡有一個小紅點一明一滅的，開了燈，是尚捷坐在地上抽菸。看見小楷，尚捷慌慌地把菸掐滅了，呵呵地咳嗽了幾聲，說睡不著。你，你把阿惶抱出來給我，好嗎？

小楷有些吃驚——不知何時，尚捷也學會了抽菸。但小楷卻沒有把她的驚訝放在臉上。小楷一言不發地走進房間，把阿惶抱出來，放在尚捷的腿上。尚捷一隻手墊著阿惶的頭，另一隻手輕輕地撫摸著阿惶瘦骨累累的身子。一下，一下。一下，一下。一下，一下。

小楷，我不是為了別人，才搬出去的。

小楷緊緊地蒙住了耳朵。

不聽，不聽，不聽，不聽，不聽。堅決不聽。

小楷一遍又一遍地對自己說。可是尚捷的聲音還是從她的指縫裡絲絲縷縷地漏了進來。

那時候，日子太難，可是你不肯長大，不肯面對難處。

你不肯自己走路，只肯讓我背。我背不動你，太重了。

小楷聽見心底裡有一個泡咕嘟一聲破了，水正在慢慢地湧上來。

不能，一定不能，在他面前哭。小楷緊緊地咬住了嘴唇。

可是這次不管用。小楷的眼淚如使壞的車閘，完全不聽使喚地流了下來。剛開始的時候，她還能感覺眼淚是從她的眼中生出的，到後來那些水珠子彷彿與她完全失去了關聯，只不過是藉著她的臉趕一段她毫不知情的路程而已。

早上小楷起床，從抽屜裡找出一只項圈來，給阿惶戴上。項圈是白色的，背面印著小楷尚捷的名字和住址，正中間是一朵天藍色的蝴蝶結，下面墜著一對小鈴鐺。項圈是領養阿惶以後不久就買了的，後來住址分成了兩處，項圈也就取下來了。隔了一年多再戴回去，項圈在瘦骨嶙峋的脖子上很是寬鬆。

阿惶還在睡。小楷溫了一小瓶牛奶餵阿惶，阿惶睜了睜眼睛，咂了一口，就喀喀地咳嗽起來，直咳得鼻子濕如螞蝗。小楷用手巾擦過了，還要餵。尚捷忍不住說你讓牠安睡一會兒吧。小楷一甩手把瓶子哐地扔了，說：「你還愁牠沒有安睡的時間？」

尚捷不說話，只蹲在地上撿拾玻璃碎片，一片一片地看得小楷訕訕的。尚捷掃完了地，就把阿惶抱進了紙箱。闔上蓋子，阿惶就不見了。

尚捷下了樓。小楷衝到窗前，拉開窗簾，看見漫天飛雪裡，尚捷孤零零地行走在停車場上。小楷發現尚捷的背有些彎。

阿惶，你，你走好。

小楷低低地喚了一聲，她的嗓子如風中的乾柴，裂了許多條縫。突然，她遙遙地聽見了一個聲響。那聲響騎在風上，穿越了屋宇樓房，在她的耳膜上刮出一道清晰的印記。她的耳膜嚶嚶嗡嗡地迴盪了很久。

她一下子就明白了，那是阿惶脖子上的鈴鐺。

中午時分尚捷回來了，手上端了一個小木匣，匣面上蓋著一層薄薄的雪花。小楷接過匣子，打開來，裡邊是一個項圈和一綹金黃色的毛。

很安詳地走的，跟睡著了一樣。尚捷說。

讓我，獨自待一會兒。小楷喃喃地說。

小楷關上門，聽見尚捷轟轟的腳步聲漸漸消失在樓道盡頭。小楷跪在地上，將臉緊緊地貼在匣子上。雪花化成了水氣，臉和匣子都濕了起來。

阿惶，你逃了三年，終究還是沒有逃過這個匣子。

阿惶，你多活了三年，是為了救我的。你叫我學會自己走路，是不是？

匣子裡是一片遙遠模糊的轟鳴，是貼著螺殼聽海的那種轟鳴。小楷覺得有一股溫熱，緩緩地流過她的耳朵，流進心裡很是乾澀的那一塊地方。小楷清晰地聽見了水流過龜裂的心肺時發出的嗞嗞聲響。

第二天早上，小楷洗臉的時候，發現牆角那個種著她的落牙的花盆裡，長出了一片小小的三葉草。

毛頭與瓶

⊗

⊗

虹牽著毛頭過馬路。

剛剛入秋，晌午三四點鐘的太陽照在身上依舊微微地有些疼。瀝青路面上氤氳地冒著蒸汽。往來的汽車很多也很快，喇叭聲聲催得人心煩。毛頭像一隻晒蔫了的青瓜，從頭頂到腳心都是軟塌塌的，只剩了一根小拇指彷彿還有一絲力氣，翹翹地鉤住了虹的一根手指。

「阿姨，我媽開會要開到什麼時候呢？」毛頭問。

毛頭的母親景芫在離毛頭學校很近的一家公司上班，上班早，下班也早，平常都是景芫來接毛頭放學的。今天卻是虹。虹和毛頭住在同一條巷裡，一家在巷頭，一家在巷尾。巷子微微地拐了個彎，雖然從巷頭到巷尾只是幾步路，頭尾卻是互不相見的。毛頭的父親志文是區醫院的醫生，虹的父親常年生病，免不了要跟志文討教些藥方，兩家就漸漸走熟了。

虹沒有回毛頭的話，卻緊了緊手指，毛頭的步子就快了些起來。

過了馬路，就到了一個小小的街心公園。清晨來練氣功的人早已散了，夜飯後乘陰涼的人又還沒到。正在不尷不尬的時節上，公園裡便很是冷清。虹找了個背人的角落坐下，毛頭一眼看見了樹蔭底下有一匹木馬，就來了精神，將書包咚地扔了，三步兩步騎了上去。兩腿緊夾馬身，右手高揚著一根食指，嘴裡發出咻咻的聲響。騎了一會兒，腳步才遲遲疑疑地慢了下來：「阿姨，放學不回家，我爸要罵的。」虹微微一笑，說：「不怕，有我呢。」毛頭才放下心來，繼續快馬加鞭。

毛頭騎了一頭一臉的汗，便跳下馬來，問虹討水喝。虹打開身上那只仿鱷魚皮的提包，取出一瓶水來。瓶不大，細頸圓肚，有點像足月臨盆的孕婦。瓶蓋很緊，虹顫顫的半天也打不開。

毛頭指了指虹的提包，說這是我爸買的。虹吃了一驚，問你怎麼知道的？毛頭說端午節的時候我媽讓我爸去買點心帶給外婆——我們全家都去外婆家吃晚飯。我爸帶著我去了商場，一眼就看見了這個包，我爸來回看了三遍才買下來。我問爸是給誰買的？爸說小孩不要管大人的事。

虹自然是記得那天的情形的。晚飯後她父親突然發起了高燒，四十度。她慌慌地打志文的手機，他半個小時以後就趕到了。他從醫院帶了退燒針給父親注射過了，又坐在父親的床頭，握著父親的手，等到父親漸漸安靜下來，才走。她說毛頭他外婆該埋怨你了吧——大過節的，飯也沒吃好。他笑笑，卻沒說話。

她送他出來，過道的路燈壞了，她看不清他的臉，只聽見他的呼吸高一聲低一聲熱風似地撫過她的耳畔。她才說了半句「我爸的病，咳」，就忍不住窸窸窣窣地哭了起來。他沒有勸她，卻慢慢地轉身攬住了她的腰。她的身子在他的手心漸漸地軟了起來，軟得猶如一條剔去了骨頭的魚。他們相擁著在過道裡站了很久，竟有了一點地老天荒的相依感。

後來他從他的大公文包裡抖抖索索地取出一樣東西來，又抖抖索索地塞到她手裡。「我買了一個手袋，不敢給你——是水貨，卻是我真心喜歡的款式。」

毛頭吵著要拿虹的水瓶喝水，虹說水太熱不解渴，就把瓶子放回到包裡。卻找出一張零票來，讓毛頭去買冰棍吃。毛頭果真就去公園的小賣部買了兩根冰棍回來，一根是紅豆的，一根是綠豆的。紅豆的遞給虹，綠豆的留給自己。「阿姨你穿紅衣服，吃紅的。我穿綠衣服，吃綠的。」虹忍不住被毛頭逗笑了。

毛頭是個虎頭虎腦的八歲男孩，寬額角，扁腦勺，濃眉闊嘴。眼睛雖小，卻有光，宛如暗夜裡的兩盞小燈籠。咧嘴一笑，那光彷彿被風吹動，四下閃爍流溢開來。不笑時，那光便凝成了中規中矩的一坨。毛頭是志文的翻版。兩人的相似，不在眉眼，不在臉型，卻在神態上。志文打動她的，就是這樣一份的凝重。

最初志文來給她父親看病，僅僅是出於街坊的情義。他大大方方地體恤著她的孤單無援，她也大大方方地領受著他的體恤。後來她才漸漸意識到，領受的本身其實也是一種體恤。有一天，他給她父親看完病，天就晚了。她留他吃飯，他竟沒有推辭。她下廚房，做了簡簡單單的三菜一湯。他吃得津津有味，最後撕了一塊饅頭，將盤底蘸得乾乾淨淨。他喝著她端上來的高山毛尖茶，響亮地打了一個飽嗝，說：「下班能吃到這樣一頓飯，也是福氣。」她說我這算什麼，人家景芫才叫手藝呢。他嘆了一口氣，眼裡的光亮便漸漸暗淡下來，結成了兩坨沉不見底的水。

她是從這樣的眼神裡猜出了這個男人生命中曲曲折折的故事的。她想這麼沉重的目光，得用什麼東西才能托得住呢？光嘴不行。光手不行。光身子也不行。得用心——全部的心。

就是那天晚上，在送他的路上，她說她要用她的心來托住他。不是托一陣子，是托一輩子。其實說這話的時候，她並不知道一輩子到底有多長，她也不想知道。和志文在一起，哪怕是走一條永遠也走不到頭的夜路，大約也是好的。

他久久地望著她，眼裡的水面上漸漸有光亮溢流開來。「虹，」他叫她的時候嗓子有些喑啞。「我這一輩子，錯過了太多。我不能再錯過你。」她猜想這大概就是他的承諾了——像志文這樣的男人，是多一句話都不肯給的。

當時她完全沒有想到，她和志文的一輩子，竟然短得只有一季。事情是在什麼時候開始變化的呢？好像是在她父親去世之後。父親的喪事，是志文幫她一手操辦的。父親走了，偌大的一個屋子，突然就剩了她一個人。白天上班還好，夜裡她睡不著，聽著輕風捎帶著街塵窸窣地拍打著窗戶，看著百葉窗簾從淺灰變成深黑，再從深黑變回淺灰，心裡空得沒了底。

起初志文還時時過來陪她吃飯。志文來的晚上，她早早就請假下了班，精心地設計了每一道菜。等到飯菜上桌的時候，志文也就進門了。志文剛坐穩，她就已經在懼怕著他要離開。她一次又一次地央求他留下來過夜，他從來不說他不能，他只是默默地提起他的公文包，默默地開門走下樓梯。有一晚，當他起身提起他的公文包時，她突然打開了窗戶。剎那間喧鬧的街音如潮水般湧進了屋裡，將她堆砌了一輩子的自尊瞬間沖垮。

「你今晚要走，我就從這兒跳下去。」

她指著窗外，一字一頓地說。他吃了一驚，愣愣地望著她，嘴唇抖抖的，卻沒有抖出一句話來。半晌他才轉過身去，緩慢地走下了樓梯。她從窗口探出身來看他，只見路燈把他的背影扯得極瘦極倦，可是他卻沒有回頭，任憑她的目光在他的背上戳出無數個洞眼。

第二天她給他醫院打電話，他同事說他出門去了。她打他的手機，手機也關了。無奈，她只好給他家裡打。接電話的是景芫。

她慌慌地想摔了話筒，景芫卻輕輕一笑。「虹，我知道是你。」片刻的停頓之後，景芫說：「虹你是知道我們家毛頭的。毛頭貪玩，我要不去接他放學，他就要在外邊瞎逛。有時候在近處逛，有時候逛得很遠。可是逛得再遠，逛累了他就會回家。志文也是這樣。男人都是這樣的。」

虹想說「志文不是這樣的」，可是這句話在她的胸腑和喉嚨之間滾了好幾個來回，越滾越弱，最後滾出來的只是一聲連她自己也聽不清楚的嘆息。

後來志文就再也不肯接她的電話了。有一天，她忍不住去他醫院門口堵他下班。她站在對面的馬路上，看著志文提著公文包緩緩地走出來，走到路邊的公車站等車。頭髮被風刮得支支楞楞的，彷彿是田邊剛剛揚絮的蒲公英。淺灰色的短袖襯衫繫在西裝褲子裡，鬆鬆地似乎找不著身體。

她已經兩個星期沒見他的面了。她朝他走過去，心裡的怨氣漸漸升騰上來，化為喉嚨口的一團溫軟，讓她吞也吞不下去，吐也吐不出來。

「志文，你，你瘦了。」

她恍惚聽見自己的聲音穿透厚重的咽哽，低沉地對他說。他完全沒想到她會來醫院等他。他急急地拐進了附近的一條小巷，直到確信他已經安全地離開了他同事的視野之後，才轉過身來問她：「你到底要幹什麼？」

她被他激怒了，猛然奪過他的公文包，砰的一聲摜在地上，對他嚷道：「我不是你的抹桌布，用完了就扔。」她雖然看不見自己的神情，卻聽得出自己的聲音與市井悍婦一般無異。他被她的樣子嚇了一跳，語氣才漸漸有些低軟下來。「虹，有的事，你以後慢慢就明白了。」她咬牙切齒地說她永遠也不想明白，他搖搖頭，不再說話，拾起落在地上的公文包，拍了拍上面的塵土，蔫蔫地走進一街的景致裡去。

「你爸和你媽，在家吵不吵架？」虹問毛頭。

「以前吵，現在不吵。我爸剛帶我媽從海南島回來，坐飛機，旅行團。阿姨你去過海南島嗎？」

虹如同被人捅了一棍子，心鈍鈍地痛了起來。那棍子插著疼，拔出來更疼，她只有拿手護著棍子，一絲一絲地往外挪。

志文曾經說過要帶著她遠離塵世，到「天涯海角」過漁夫漁婦的日子。說這話的時候，他和她正趴在她臥室的窗口看夜空。那天剛下過一場暴雨，長空如墨，星星如豆遍灑其間，風吹過來有說不出來的涼爽。她的身體小小地柔軟地消失在他臂膀圍成的世界裡。夜的顏色風的感覺和他衣領上的油垢味組成了後來她對他長久的回憶。從那以後，在她有限的想像力裡，海南便成了天地萬物的開始和極致，是她無數春閨憧憬的歸宿。

志文最終抵達了那個極致，卻不是和她去的。

毛頭很快把冰棍吃完了，綠色的汁液沾了他一手一臉。虹從提包裡拿出那個細頸瓶來，煩躁地招呼毛頭過來洗手。瓶蓋依舊很緊，虹顫顫地擰了半天也沒有擰開，額上卻濕濕地滲出些汗來。

「阿姨，我爸我媽以前總是吵架，吵得真凶。後來我媽說我爸要是再去見那個人，她就要把我帶到一個很遠的地方去，誰也找不著。我爸就不吵了。」

虹一怔，手中的瓶子落到了地上。

「後來我問我爸『那個人』是誰，你為什麼不能去見『那個人』？我爸抱住我，說『那個人』是天下最好的人。爸不能去見她，是因為爸不能沒有毛頭。」

虹恍恍地站起身來，整了整毛頭的衣服。「我們回家吧，天晚了，你爸要著急。」

毛頭翹起小拇指，讓虹鉤住，兩人沿著林蔭慢慢地往回走去。太陽像一枚碩大的放得太久了的鹹鴨蛋，將蛋黃腥腥紅紅地流了半爿天。下班的街流開始抹黑了城市的地平線。鴿子帶著響鈴從頭頂低低飛過，驚異地看見了女人頰上的淚痕。

虹走了幾步，突然轉回身來，將地上的那個細頸瓶子遠遠地踢到了草叢深處。

瓶子上畫著一只黑色的骷髏，下面有一行小字：「工業用硫酸，危險品。」

遭遇撒米娜

+

關於撒米娜的最初印象，我是從我妻，不，我的意思是我前妻，那裡得來的。在此之前我對印度女人的了解只限於紗麗和體臭兩件事。

半年前，我妻成了我的前妻。原因自然是多方面的。我妻，不，我是說我前妻（為方便起見，以下所有提到我妻之處，敬請讀者自己加上一個「前」字）是學新聞的，在國內又當過幾年記者，伶牙俐齒，出口成章，極富幽默感。在妻的詞彙裡我是提起來一串，放下去一灘，除了吃飯以外什麼也不行的東西。對於學醫出身，終日與人體和體液打交道，想像力又十分貧乏的我來說，提起來一串，放下去一灘的東西似乎只有屎了。想到自己在妻的眼中居然是這麼一種形象，便有些自慚形穢起來。結果到後來，我連吃飯也不怎麼行了。

我和妻離婚後，除了不和她在一個屋簷下進出，一張床上睡覺，一個鍋裡舀飯吃，一個竹簍裡扔髒衣服以外，別的職責範圍倒也沒有什麼大變動。我依舊要為她的情緒及零花錢之類的細節問題負責。每逢我床頭的電話驚天動地地響起來時，我就戰戰兢兢地猜測，是否我妻的車電池又沒了電，她廚房裡又有蟑螂出沒，或者她的太陽穴又一蹦一蹦地疼起來。而這種事情在半夜到凌晨兩點發生在妻身上的機率比較大。

妻最近的抱怨是關於她的新室友，一個叫撒米娜的印度女人的。

自從新室友搬進來之後，妻的失眠症似乎好了許多。半夜的電話裡，竟不再要求我背入眠口訣，數羊群數荷花什麼的。現在妻在電話裡，說的大多是撒米娜。

「去洗手間，關起門來就是半個小時，拉屎也要捧本書看著。身邊隨時揣著個香水瓶子，每十五分鐘灑一次，還遮不了那個味，隔著個房間也聞得著。放學回家一進門，鞋子襪子圍巾滿天飛，早上起來穿一隻襪子找另一隻。煮飯讀書做作業都要開著電視，再無聊的肥皂劇也能看得哈哈哈哈的。」

聽著妻訴說撒米娜的種種劣跡，竟跟我的有幾分相似，猜想那人大概也屬愚笨膚淺庸碌窩囊之輩，不覺地就有些同病相憐起來。後來與撒米娜認識了，她大體上倒也沒什麼讓我意外之處。只是妻忘了告訴我，撒米娜長得十分漂亮。妻的這個疏忽並非完全無意。妻是個漂亮的女人。大凡漂亮的女人都對別人的漂亮很是在意。其實漂亮女人之於我，一如碩鼠之於瘦狗，沒有多大吸引力。相反，我早已把漂亮視為女人不可饒恕無可彌補的重大缺陷之一。

妻將我掃地出門的時候，我已經在美國東部一所叫辛辛那提大學的醫學院裡混了三年了。離婚以後，我乾脆自暴自棄起來，不再去考那個勞什子的醫生執照，也不著急畢業找工作，只在病理系泡著，做一些不值一提的實驗，給導師當助教，負責一年級新生頭顱頸部解剖課問題解答和判卷。

一日課後，我去學校的餐廳吃飯，只聽見一陣佩環叮啷的聲音，有一印度女子走過來，在我身邊坐下。那女子身穿一襲鵝黃色的紗麗，頸上繞著一條極薄極淡的綠紗巾。膚色比一般印度女子白些，眼窩很深，顴骨很高，鼻梁很挺，頭髮很黑，在腦後梳成鬆鬆的一條長辮子。手腕上套著一溜十數個細細的銀環，手臂略微一動便有些清脆的聲響從衣袖裡生出。一笑，一張臉上全是嘴。身上有些很中聞的香氣，也有一些不怎麼中聞的氣味。女人開口就叫我吳大宇，又介紹自己叫撒米娜．漢，是我班上的學生。

我竟想不起醫學院一年級裡有這麼個學生。她見我疑惑，就解釋她不是醫學院的學生，是交流障礙系聽力障礙專業的研究生。因是插班的，錯過了自己系的解剖課，只好到醫學院來選課。我不知道這個撒米娜是不是妻常說的那個撒米娜，不敢造次，就問她找我有什麼事。她倒也不客氣，開門見山地說：「你上課時英文口音太重，我聽不太懂。」

我一時氣得胸悶，就回了一句：「你的英文也不怎麼好懂。醫學院的解剖課比你們系的難多了，你不如等一個學期，去你自己系裡選課。」

撒米娜連連搖頭：「不成不成的。我哥哥替我付的學費，我等不起，要越快學完越好。」

我便越發地沒了好氣：「又沒人替我交學費，我的英文一時半刻是改進不了的。你看著辦吧，下個星期退課還來得及。」

誰知撒米娜也不惱，欠欠腰，十分窩囊地求我：「能讓我錄音嗎？我回去對著書多聽幾遍，就容易聽懂了。」

見我答應了，撒米娜千恩萬謝。臨走，又回過頭來說：「我知道你是誰，我跟瑛住。瑛說你沒衣服換的時候，就從髒衣簍裡挑比較乾淨的穿。是嗎？」

我想生氣，又想瑛到底也沒冤枉我，只好認了。又問她：「你在洗手間裡，看的是什麼書？」

撒米娜愣了一愣，竟吃吃地笑了起來。走出好遠，才說：「泰戈爾。」

在那以後，撒米娜便常在課前課後找我，討教功課上的事。我漸漸發覺該女子果真十分愚笨。頭顱十二條神經的名稱走向功能，課堂上講過多次，課後又個別輔導過多次，仍舊記不得。百般無奈，只好找了個歌謠，將十二條神經都編了進去。她背了幾回，竟記住了。回來歡天喜地地告訴我：「這個辦法好。背別的，我記不住。背詩，我記得快。」

我暗暗感嘆她哥的錢花得冤枉。像撒米娜那樣穿鵝黃紗麗的漂亮女人，是不該在科學的爛泥淖裡瘋瘋癲癲辛辛苦苦地跋涉的。她應該捏條繡花手絹，一塵不染地坐在窗口讀泰戈爾，給過路人留個美麗的剪影的。

晚上妻來電話，我順便警告她不許再在背後說我的閒話。事關她零花錢的多寡，妻很是合作起來：「放心吧，你的形象牢不可破。撒米娜現在把電視也戒了，回家就捧著一個錄音機讀書。說你課教得比你的導師好多了。我告訴她這只是小菜一碟，你在中國早就是腦腫瘤科主治醫生了。她聽了坐在沙發上半晌起不了身。」

見我不吭聲，妻就有些狐疑起來：「你不是對那妞有什麼意思吧？人家祖祖輩輩是虔誠的伊斯蘭教徒，家裡肯放她出來讀書，已是天大的讓步。她在辛辛那提讀書，她哥在哥倫布城讀書，一天三通電話，從頭管到腳。她不許單獨和任何一個男人外出，你想吊她的膀子，早早地斷了這個念頭吧。」

我藉著我能記起的所有神明對妻發誓，我不是要吊撒米娜的膀子，妻方安靜下來，鬼聲鬼氣地笑：「我說呢，你受得了那個味？」

後來到了期中考，撒米娜差點兒沒及格。我看她也實在用功過了，就抬抬手放她過去。誰知她也不領情，反拿著卷子來問我：「怎麼才六十一分？我是每道題都答了呀。」我只好好言好語地哄她：「期中考才占百分之三十。你以後作業和大考準備得好些，我給你高分，分數就拉上去了。」

她信以為真，方高興起來，認真地看了我一眼，說：「瑛說你的，有的對，有的不對。」至此，我才知道這個女人除了愚憨，真是什麼也沒有了。忍不住，就對她說：「星期天想請你去印第安山看秋葉。」她聽說我還請了瑛，才敢興奮起來：「不如我們去那裡野餐吧。我來準備。厚厚的咖哩，辣死你。你多多地帶幾瓶冰水就好。」我知道撒米娜不吃豬肉，卻不知道伊斯蘭教徒還忌諱什麼，就不與她爭執，由她去張羅吃的。

星期天等我把車開到她們門前，妻正在屋裡接一個電話。接了約有一刻鐘，放下電話就說有急事，不跟我們出去了。我知道妻早就沒有興趣在我身上浪費時間，只是看見撒米娜提了一個沉甸甸的野餐籃子，十分掃興地站在過道上，實在有些不忍心，就對她說：「我們去我們的。實在不行，你開一輛車，我開一輛車，就當我們沒有事先約好，在那邊碰上了。再找個人多的地方坐下，就不算單獨在一起了。」說得撒米娜呵呵地笑了，方猶猶豫豫地上了她自己的車，跟在我的車後頭慢悠悠地開著。

印第安山是辛辛那提城裡著名的富人區。那個區裡的房子大小形狀各異，千姿百態。家家門前都有大片大片的空地，種些奇花異草，赤橙黃綠，十分招搖。路邊銀杏和楓樹交織地栽著，碩大的枝椏個挨個的，搭出一片遮天蔽日的寧靜來。正是深秋，又有過一場雨，風過處，葉子便紅紅黃黃地凋零起來。

我們找片空曠的高坡坐下，在草地上鋪了一層塑料布。撒米娜放下野餐籃子，將涼鞋脫去，又將紗巾除了，拿塊石頭壓在地上。就跑到樹下，弓著身子撿落葉。很快地撿了一堆，又把那形狀不整的，顏色不正的一一丟了。只留下幾張好的，壓在一本厚書裡。遠遠地看著撒米娜光著腳在草地上跑來跑去，玫瑰紅的紗麗襯著明麗的秋景，十分惹眼，心裡突然悲哀起來：撒米娜的秋葉，大概是永遠不會有機會寄給男朋友或者情人的。在這樣精彩的背景裡，存在著這樣一條有聲有色的生命，卻要這樣無欲無愛地浪費著。

撒米娜撿完葉子回來，見我神色寞落，以為我餓了，就請我吃她做的咖哩雞塊。果真十二分的辣。吃一塊雞，喝半杯冰水，又一趟一趟地跑到林子後頭的廁所去方便。吃喝完了，響響地打過幾個飽嗝，就問撒米娜畢業以後準備幹什麼。她說她哥在俄亥俄大學醫學院念五官科，她在這裡念聽力康復。兩人都是明年畢業，學成了想回加爾各答合開一個聽力診所。我想問她再後來有什麼打算呢？忽然想起撒米娜是沒有再後來的，就閉了嘴。

過了一個星期，我改撒米娜的作業，發現本子裡夾了一張自製的書籤。書籤上是一張極小極完整的紅葉，覆蓋在另一張極小極完整的黃葉上。兩片葉子中間，疊著一朵淡紫色的花。葉子和花都是乾了之後壓平了黏上去的。上頭並沒有題名。我把本子還給她，卻把書籤留下了。

大考完畢，系裡給學生發助教講課能力評估表。撒米娜拿了表，當著全班人的面，說：「吳大宇你這半年英文進步不小。」那神情彷彿她是老師我是學生。我看見有幾個學生在擠眉弄眼齜牙咧嘴地笑，心想這小妞腦子裡鬆動的還不只是一顆螺絲。

學期總評分撒米娜得了個「B」。我想在成績公布之前提前打電話告訴她，結果是妻接的電話，說撒米娜去哥倫布城過聖誕節了。原本是不想去的，是她哥開車過來，硬帶著她走的——要她去相親。對方是她哥高一班的同學，也是印度人，學小兒科的，將來學成了也要回印度行醫。我放下電話，愣了很久。那一夜，我做了個怪夢，夢見自己在高速公路上駕車，天下著雨，雨絲凶凶斜斜的，將樹上的楓葉打下來，飛到車玻璃上，變成一隻隻血淋淋的手掌。醒來一身冷汗，心跳得擂鼓似的，滿屋都聽得見。

新學期開始，撒米娜不再到醫學院來選課。在校園裡又見著她，不穿紗麗，卻穿了一身深藍色的西式套裝，露出裡頭一件猩紅色的高領羊毛衫。頭髮也不梳成辮子，在肩上散散地亂雲似地堆著。手裡提著一個黑鱷魚皮的公文包，咋一看竟有些不像了。我猜想她大概是要去康復醫院實習——醫院不喜歡實習生穿少數族裔服裝。我問她聖誕節過得好嗎？一開口就知道犯了忌諱——聖誕並不是她的節日。她遲疑地動了動頭。我使用了「動」這個詞，因為我無法確定她是在點頭還是在搖頭。緊接著我又犯了第二個錯誤，我問她：「怎麼樣，那個人？」她將頭低了，不再有話。雪水淺淺地濕了她的皮鞋。冬天裡她好像瘦了一些。

有一天半夜，床頭的電話又驚天動地地響了起來。我以為是妻，就懶得去接。誰知留話機裡竟是撒米娜的聲音。我慌慌地接起來，就聽見她在那頭斷斷續續地呻吟。

我披上衣服，立時開車趕了過去。妻不在家，只有撒米娜一人，披頭散髮地在沙發上蜷著，臉色煞白，嘴唇青紫。我把她抱進車裡，她在我懷裡縮成一隻小小的蝦米，手腳冰涼，腰身只有盈盈一握。送到醫院時，已痛得進入虛幻狀態，嘴裡卻還在模模糊糊地說著什麼。開始我以為她在說印第語，後來才聽明白，她反反覆覆說的都是：「大宇。」

很快診斷出來是急性盲腸炎，當場動了手術。

我在手術室外等她。她被推出來時是睡著的，沒發現我。後來我進病房看她，她就醒了。我叫了她一聲：「撒米娜。」她咧了咧嘴，說了一聲：「疼。」冬日的陽光照著她一張雪白的臉，雪白的臉上有一個雪白的笑。

一個小時以後，她的哥哥從哥倫布城趕了過來。她哥哥看我時的眼神很直，突然就把我看惱了。我站起身往門外走去，走到門口又回過頭來對撒米娜說：「等你好了我幫你補習考執照。」

這當然是一句空話。其實我並沒有再去探望撒米娜。

聽說撒米娜出院後，就回印度養病去了。後來一直沒有音信，不知有否完成學業，也不知是否開了診所。而我，則在步入中年的日子裡忙碌著，將往事漸漸忘卻——世界畢竟是很熱鬧很精彩的，每時每刻裡都有感覺如泡沫般飛快地滋生，又如泡沫般飛快地消亡，生命的軌跡中大約是很難留下永久的擦痕的。

到第二年年底，我突然收到一張從加爾各答寄來的賀年片，寄信人是撒米娜，卻已改了姓。卡上只有兩句話：

天空已有鳥兒飛過，
儘管沒有翅膀的痕跡。

我雖然不是學文的，卻也猜得到，那是泰戈爾的詩。

玉蓮

■

那個夏天我終於在上海的一所名校裡熬完了四年的大學生涯。當時我的同班同學都結伴南下到深圳珠海廣州，雄心勃勃地要去掏他們一生中的第一桶金，而我這個南蠻子卻像一隻孤雁致意要往北飛去。「從今往後，我們做我們的銅臭商人，你做你的達官貴人。下回見面，我們坐吉普，你坐紅旗。」同學們嘻嘻哈哈地上了路，大約真是年輕，竟把一些本該很是沉重的離別之言說得如此輕狂。我在班級裡一直是班長，班會上發言也愛引經據典，大家由此認定我去京城是踏上仕途的第一步。殊不知我只是要向一個遠方的男人證明，我是完全可以離開南方的暖巢，到未知的北方去闖天下的。那些日子裡我一直在等待著一封遠方來信，這封信可以頓時改變我已做的和未做的任何決定。

可是這封信一直沒有來。

我決定北上之前回一趟老家，辭別雙親。我的家鄉在浙南一個叫溫州的小城，那時它與外界的交往還只能依賴於海路。輪船抵達溫州港的時候天在下著雨，是那種江南特色的不成點也不成條的淅淅瀝瀝的雨。碼頭的泥漿厚厚重重地黏著我的鞋底，昏暗的街燈中我根本看不清來來往往的人群中哪些是接我的人。我提著兩只大箱子在雨中站了很久，才聽見哥哥高一聲低一聲地喊著我的小名。等到他把我和我的行李塞進一輛蠶繭般大小破舊不堪的菲亞特出租車裡時，我們早已全身濕透了。

還沒有來得及抱怨，哥哥就推了推我，說：「玉蓮來了，住在家裡。」我吃了一大驚——在我的記憶中，玉蓮住在大西北一個連名字都叫不順的小縣城裡。憑我極其有限的地理知識，我知道她得從小縣城倒幾趟長途汽車輾轉至蘭州，再從蘭州坐火車到上海，從上海轉輪船到溫州，路上怎麼也得一個星期。路費加上住店吃飯的費用，她哪來的錢？哥哥嘆了一口氣，告訴我：「聽說你大學畢業了，要到北京去做事，就死活也要來看你一眼。她男人的勞保賠償，也拿出來花了。」我聽了連連跺腳說不得話，心裡卻怨我媽多嘴。

一會兒工夫車就開到了家門口，臨下車哥哥吩咐我，見了玉蓮不要表現出驚怪的樣子——自從她女兒小青死後，玉蓮受了些刺激，神志有時清醒有時模糊，說話也有些神叨叨的。

推門進去，就走進了一屋的煙霧裡。屋裡坐了三個人，我爸，我媽，還有一個長得十分老相的瘦高女人。爸和女人都在抽菸。爸抽的是鳳凰牌，正是那年流行的，文文雅雅地帶著些香氣。女人抽的是自製的捲菸，辛辛辣辣地割著人的喉嚨，熏得人幾欲流出淚來。女人穿了一件白底細花短袖的確涼襯衫和暗灰色的府綢布褲子。那套衣褲隱約有些眼熟，過了一會兒我才想起原來是我媽媽的舊行頭。衣褲明顯地短了，女人的手腳長長地從袖子褲腿裡伸出來，鷺鷥般地笨拙著。女人的臉在細皮嫩肉的江南小城裡也算是一奇景了，膚色極黑，卻又不完全是黑，雙顴泛著些隱隱的紅，毛毛糙糙地像一張風乾的柿子皮。

女人見我進來，咚地扔了嘴裡的菸，站起來就抓了我的手，臉上的皺紋生硬地挪動起來。

「阿玲我的娃，你可平平安安地長大了——都以為你過不了那個坎了呢。」

女人的手很長很大，極有勁道，指甲深深地掐進我的掌心。女人身上的羊膻味熏得我後退了一步。女人覺出來了，就訕訕地鬆了手，轉身對我爸說：「張同志你們好福氣，世界上這樣機靈的孩子統共也沒幾個，倒都生在你們家了。我們青青小時候，就是阿玲這個樣子的——我奶大的孩子，都像是一個模子裡出來的。」

我媽正彎腰撿拾女人扔下的菸頭——地板上早燒出一個淺坑來了，聽了這話就搖頭：「玉蓮你又犯糊塗了，你到我們家來還是個什麼事也不懂的小姑娘呢，阿玲哪能是你奶大的？」

女人也不惱，只是嘿嘿地笑，露出兩排被菸熏得黑參參的牙齒。

「反正阿玲是我帶大的。」

算起來玉蓮到我們家的那年大致是十八歲。而我才五歲。

那年我在幼兒園裡感染了一種奇怪的腎病，小便化驗單上紅血球白血球濃球的格子裡總有長長一串的「+」號。這種病在醫學十分發達的今天實在算是小菜一碟，可是在那個年代裡醫生卻束手無策。病一急性發作，我就住進醫院，靠打鏈黴素慶大黴素針來控制。病情一緩和我就出院。出了再進，進了再出。這樣的循環週期越來越短了，我的鞋子幾乎都是在醫院的門檻上磨薄了的。有一天，我聽見主治醫生嘆著氣對我媽媽說：「再這樣下去，就怕尿中毒。」尿中毒是什麼東西我並不懂，不過我知道我們隔壁姚蘋蘋的媽媽，就是死在尿中毒上的——頭腫得像個大冬瓜。於是我猜測我大概也會死了。

那時候我爸爸和我媽媽都在市委機關裡做著不大不小的官，忙得四腳朝天，顧不上我，只好雇了個保姆來照看我。由於我的身體狀況，醫生吩咐我不能跳繩，不能踢毽子，甚至不能像別的小孩那樣上井邊玩水。而且我還得禁鹽。用無鹽醬油燒出來的菜味同嚼蠟，讓我忍無可忍。於是我吃飯鬧，睡覺鬧，打針鬧，服藥鬧，上幼兒園鬧，不上幼兒園也鬧，直鬧得家裡雞犬不寧。

玉蓮是我們家那陣子換過的第五個保姆。

玉蓮來的那一天是大年初二。我們一家人剛剛吃完晚飯，就聽見鄰居王阿姨來敲門。王阿姨的丈夫是機關食堂的炊事員，跟機關上上下下都熟。王阿姨是個熱心人，誰家有事她都愛幫一手。那天王阿姨身後跟了個瘦高個的鄉下女人。王阿姨進了門，女人卻不肯進門，依舊遠遠地站在走廊上。王阿姨把那個女人推到我媽跟前：「這就是上回說的那個玉蓮，是我們老家龍泉鎮的。玉蓮上過幾年學，識得幾個字。只是不懂城裡的規矩，你們儘管放心指教她。」又指了我爸我媽對玉蓮說：「張同志陳同志兩口子都是大學生，在市府機關裡工作，人也和善，家事也簡單，你就只管把阿玲這孩子照管妥了就好。算你的福氣，頭回到城裡做事就碰到了這樣體面的人家。」

玉蓮不說話，只是點著頭笑。走近了，才看清，管玉蓮叫女人未免有些誇張。其實她至多是個剛剛長成的女孩而已。玉蓮剪了一頭黑得流油的齊耳短髮，右側的頭髮用一段綠玻璃絲頭繩束起小小的一綹。穿了一件蔥綠燈芯絨棉襖，海藍燈芯絨棉褲，足蹬一雙黑布棉鞋，手挽一個紅花細布包袱。那一身衣裝大概還很新，在胳膊腿彎處綻出一些生生硬硬的皺紋來。燈芯絨在那個年頭算是稀罕的貨物，玉蓮的家道想必還過得去——後來我們才知道，玉蓮到溫州城裡當保姆，其實並不是為了錢。玉蓮是地地道道的山裡人打扮，可是玉蓮長得卻不像是山裡人。玉蓮的五官其實也沒有什麼驚人之處，卻因了皮膚的白淨，便襯得眉黑目深的。嘴角彎彎的，頰上隱隱跳著兩個小酒窩，不說話時也是一副喜慶的模樣，便先討了人的歡喜。

玉蓮放下手裡的包袱，就要來收拾桌上的碗筷。我拿筷子在空碗上敲了敲，大聲對我媽說：「她怎麼不脫鞋就進屋？」玉蓮的臉騰地漲紅了，彎下腰來，就解鞋帶。偏偏鞋帶綁得很緊，解了半天才解開，玉蓮的額上，早已滲出些細碎的汗珠子來。待玉蓮終於脫了腳上的棉鞋，換上家裡的布拖鞋，我媽就拉著她去了裡屋，關起門來說了回話。出來時，兩人的眼圈都是紅紅的。我知道她們在說我。

玉蓮走過來，把我抱過去坐到她的腿上，嘆了一口氣，說：「這麼輕。阿玲我非要把你養胖了不可。」

這是玉蓮跟我說的第一句話。玉蓮的聲音軟軟的，讓我想起家裡過年時蒸的桂花糯米糖糕。以前我們家的保姆都是些髒老婆子，一開口嗓門嘎嘎地像鴨子叫。從來沒有人和我這樣說過話。

我是從那一刻開始喜歡上玉蓮的。

在我媽的眼裡，玉蓮並不是個稱職的保姆。

玉蓮不會煮飯，不是把水放多了，米放少了，就是把米放多了，水放少了。如果哪天米和水都放得整好，那麼飯一定是焦糊的。玉蓮也不怎麼會洗衣服，兩隻手在搓衣板上揉來揉去，只揉大面子上的，卻很少關注袖口衣兜這些陰暗角落。玉蓮在龍泉用的是蹲坑，不會用城裡的馬桶。洗馬桶時只知道拿水沖一沖了事，卻不知道要用竹刷子刷刷桶底。媽媽看玉蓮做事，看得著急，忍不住要說叨她幾句：「玉蓮你怎麼什麼都不會呢？」

我爸聽了，就扯我媽的袖子：「阿玲肯跟她就行了——忘了先前是怎麼鬧的。」我媽立時就閉了嘴。玉蓮也不惱，卻憨憨地笑，說：「我會做針線呢。」

玉蓮沒有吹牛。玉蓮果真做得一手絕好的針線活。玉蓮閒著的時候，就給我們納鞋底。玉蓮納的鞋底，有時候是回字針，有時候是雲型針，細密如黑蟻。納完了再釘上兩塊防水膠皮，做了鞋子穿在腳上，竟如騰雲駕霧似地溫軟。剩下來的布頭，玉蓮就拿來縫成小包，裝上細沙子，和我玩丟沙包。玉蓮把沙包扔得高高的，讓我猜會落到哪裡。我說嘴巴，就一準落到她的鼻子上。我說耳朵，就一準落到她的腦門上。

玉蓮還把家裡的舊毛衣都搜尋出來拆了，將毛線洗乾淨了放在鍋裡蒸平整了，晾乾之後再重新織一遍。當然再織出來的就不是原先的樣子了。玉蓮給我爸我媽織的是青灰色的圓領衫，領邊袖口下襬加一圈黑的，老實古舊裡略帶一絲新潮。給我哥織的是藍白相間的海魂衫，腰下斜斜地插了兩個兜。給我織的是玫瑰紅的開衫，領邊上縫上兩個小絨球。鄰居見了，都說張同志一家穿得這麼漂亮，是要去拍電影哪？玉蓮聽了，就將嘴掩了吃吃地笑。玉蓮愛笑。玉蓮的笑像那個冬天街上盛行的流感，碰上誰就傳給誰。

玉蓮幹活的時候，嘴也不閒著，不是哼歌，就是嗑瓜子。我之所以用哼字而不是用唱字，是因為玉蓮從來沒有把一首歌從頭到尾地唱完。玉蓮的嗓子圓圓潤潤的找不到一道溝坎，可是玉蓮永遠也不會成為一個好歌手，因為玉蓮永遠記不住歌詞。玉蓮往往只開了一個頭，就把後邊的扔了，再去開別的頭。有時她甚至能在一個調子裡開出好幾個頭來。玉蓮最愛唱的一首歌是關於一朵鮮花的。它是這樣開的頭：

金河岸，鮮花千萬朵，
最美的有一朵。

雪山下，駿馬千萬匹，
最後的有一匹。

玉蓮唱來唱去，只會唱這兩句。我纏著她往下唱，她就又從頭唱起。於是她的歌聲就像失修的唱盤一樣，無休無止混混沌沌地重複往返著。有一天，我實在忍不住了，就問玉蓮，那最美的花到底是哪一朵呢。玉蓮看過了左右無人，才點著自己的鼻子說：「這朵呢。」我便長久地納悶著——我懂得人和花之間的某些共性，是很多年以後的事了。

玉蓮不唱歌時，就嗑瓜子。玉蓮嗑瓜子的樣子很奇特，很少用手。玉蓮抓了一大把瓜子扔進嘴裡，接下去手就完全派不上用場了，舌頭便頂替上來將瓜子一顆一顆地送到牙齒跟前。剝皮的過程是猜測出來的，看見的只是瓜子皮井井有序地落到地上。我媽媽雖然不喜歡家裡的地板上總有瓜子皮，卻因為瓜子是玉蓮自己花錢買的，也就數落幾句，要玉蓮常常掃地，便睜一隻眼閉一隻眼了事。

玉蓮在我們家一個月的工資是十塊錢。可是玉蓮並不像從前的那些保姆那樣著急地往家寄錢。玉蓮拿了工錢，先去街角的醬油店換成零票，用一條粉紅色的手絹包裹起來，壓在枕頭底下。偶爾從裡邊抽出一張角票來，買一包瓜子，一瓶雪花膏之類的小東西，又將剩下的仔細地包裹回去。玉蓮買完瓜子，有時也給我買一小塊麥芽糖。我拿了糖，並不能馬上就吃，總要待到我爸我媽都看過了，說過：「玉蓮你這麼寵她做什麼。」我才能開吃。當然，這樣的待遇全家僅我一個，我哥哥是不夠級別的。

玉蓮不寄錢回去，是因為玉蓮的家裡並不缺錢花。玉蓮在家是么女，有三個哥哥兩個姊姊。玉蓮的爸爸和哥哥都是木匠，一年到頭有做不完的活計。玉蓮家裡掙錢的事情，都由男人來操心。家務瑣事，又有媽和姊姊。一家的忙人養了一個閒人，所以玉蓮就只會做針線活了。大凡人一閒，心思也就多了。讀過高小的玉蓮只在書裡學到過關於城裡的種種趣事，卻從來沒有邁出過龍泉鎮一步。於是就攛弄了爹娘，讓進城去當保姆。現在回想起來，玉蓮關於城市生活的種種想像裡，大概很早就包括了愛情的。

玉蓮命運的轉折其實是由一件極小的事情引發的。

有一天我哥哥拉屎時拉出了五條蛔蟲。我們都是第一次見到這種肥肥白白的蟲子，又興奮又害怕。後來媽媽給哥哥吃一種形狀像寶塔一樣的糖塊，哥哥又拉出了更多的蟲子。醫生說蛔蟲可能來自弄堂裡的那口井。緊挨著水井就是一條陰溝，洗菜洗衣服洗馬桶都在一處，難免有寄生蟲進入食道。媽媽怕我也得蛔蟲，就吩咐玉蓮不要再用井水洗菜。那時候我們家還沒有裝上水龍頭，用自來水得去一條街外的機關大院家屬樓去挑。玉蓮挑不動水，挑水是我爸的事。我媽心疼我爸，為了讓我爸少挑幾擔水，玉蓮的工作日程裡就增添了一項新內容：去機關大院洗菜。

我至今尚清晰地記得玉蓮第一次去機關大院時的每一個細節。

那天是個陽春四月天，泥濘的春雨停了，天上出了一輪大大的太陽。從街頭到街尾都是陽光，照得人遍體酥癢。沿街的夾竹桃樹一夜之間就綻出了滿樹的紅點。玉蓮脫下夾襖，換上了春裝。玉蓮的春裝是一件翠綠帶黑格的線呢罩衣，是進城的前一年做的。玉蓮在那一年裡真正長起來了，衣服顯得又瘦又短，身子在衣裳的箝制下發出半是無奈半是欣喜的嘆息。玉蓮左手提著一個菜籃子，右手牽著我，行走在夾竹桃樹的陰影裡——自從玉蓮來後，我就待在家裡，再也不上幼兒園了。玉蓮的菜籃子裡放著一條肥大的金燦燦的黃魚，一大捧包在荷葉裡的滿是汙泥的白蚶，兩根碧綠的黃瓜，一細條豬肉，一把豆芽，一包馬鈴薯和一捆菠菜。玉蓮的菜籃子裡有很多的顏色和重量，可是玉蓮挎著菜籃子走過街面時的步態卻很輕鬆。玉蓮那天走路的樣子讓我想起一些沒有腿的東西，比如游在水裡的魚，飛在荷花上的蜻蜓，飄在天上的雲。

當然，那時無論是玉蓮還是我都沒有想到，命運之神已經將祂的繩索牢牢地套在玉蓮的脖子上，一步一步地拉著她走向那個無法迴避的深淵。

玉蓮走到機關門口的時候腳步突然緩慢了下來，因為玉蓮看見了一個身著綠色軍裝荷槍直立的士兵。那時小城正坐在三年大饑荒和後來的十年大浩劫中間的縫隙裡戰戰兢兢地喘息，街上很少見到荷槍實彈的士兵。大山裡來的年輕姑娘玉蓮，一生中第一次猝不及防地面對面地遇上了一個真正的士兵。兵很高壯，軍服裡結結實實的都是內容，玉蓮仰著頭才看得清他的臉。兵的皮膚很黑，眉目很粗很濃，不說話時臉面裡就隱隱藏了些威嚴。但是兵並沒有把他的威嚴保持得很久，因為兵很快就開口說話了。

工作證。

兵說話時嘴角忍不住含了點淺淺的笑意。兵一笑，頓時就很年輕了起來。兵的普通話有些大舌頭，一聽就是外鄉人。

玉蓮愣了一愣。

水，水龍頭在哪裡？

玉蓮文不對題地問。還沒問完玉蓮的臉就紅了起來。玉蓮臉紅的過程就像是在生宣紙上滴了一小塊丹朱，慢慢地洇開去，從雙頰洇到額頭，再洇至脖子。玉蓮知道自己臉紅了，就不再看兵，把頭低垂了下來，盯著腳尖。所以玉蓮並不知道，其實當時兵的臉也紅了。

兵和玉蓮紅著臉面對面地站了一會兒，都不說話。後來說話的是我。我爸爸是我的家屬。在三處工作。

兵和玉蓮同時笑了起來。

那天玉蓮洗菜的時候就有些心不在焉，把豆芽頭摘了扔在水裡，卻把豆芽皮歸在籃子裡留著。

第二天玉蓮再去洗菜，兵就沒有再盤問她。她走過他的跟前，彼此輕微地點了一個頭，卻沒有說話。

後來我就跑去找兵。

「你叫什麼名字？玉蓮阿姨沒有叫我問你。」

兵嘿嘿地笑了，露出兩排細碎的重重疊疊的牙齒。兵彎下腰來，從口袋裡掏出一塊大白兔奶糖給我。

「你也不要告訴你玉蓮阿姨，我叫歐陽青海。」

陳同志，井水洗的衣服不乾淨呢。你看張同志的這件襯衫，領口都是黃的。

玉蓮指著我爸的衣服對我媽說。

那陣子玉蓮突然很講究起衛生來了。我媽有些吃驚，卻沒阻攔她：

「你要不嫌煩就用自來水洗吧。」

於是玉蓮去機關大院的次數就越發頻繁了起來。玉蓮洗菜，是在早晨。玉蓮洗衣服，總是挑下午兩三點鐘的時候去。那時候使水的人少，不用排隊等龍頭。

玉蓮去機關大院，有時帶我去，有時一個人去。有一回我跟玉蓮去洗衣服，發現站崗的是一個陌生人，就問兵哪裡去了——我嫌歐陽青海的名字太長，叫起來拗口，就依舊管他叫「兵」。玉蓮摸摸我的頭，說：「他也得歇息呀，總不能一天站到黑的。」

玉蓮讓我在石階上坐穩了，就把木盆放在水龍頭底下，接了水來泡衣服。玉蓮那天洗的不只是衣服，還有床單被褥。玉蓮將衣物打好了肥皂，擱在洗衣板上來回搓揉著，兩隻手就消失在一堆白花花的肥皂泡裡。玉蓮揉衣服時，擺動的不僅是手。腰肢，肩膀，脖子，還有頭髮，都在一顫一顫地動著。玉蓮的頭髮長了，梳成了兩根麻花辮子，髮梢上栓了兩段紅頭繩。玉蓮搓了一陣子衣服，突然停了下來，抬頭望著圍牆邊上的那棵大樹發呆。那是一棵老法國梧桐，樹身上都是黑褐色的疤痕，葉子倒還茂密，在午後的風裡輕搖慢舞著，像一隻隻綠色的手掌。可是樹上並沒有鳥。我問玉蓮在看什麼，玉蓮搖搖頭，卻不說話。

這時候又來了一個洗衣服的人。玉蓮把自己的木桶挪開了，讓那人接水。也不看那人，就問：「怎麼這麼晚？」

那人笑笑，說：「開會呢。」我這才聽出來那人原來是兵——兵那天沒穿軍裝，換了一件白色的細布襯衫，領口敞開著，就一點也不像兵了。

我看見兵，很高興，就跑過去問他槍藏在哪裡了，可不可以拿出來讓我摸一摸。兵把我的頭髮揉得亂亂的，說：「女孩子要什麼槍呢，我教你玩別的。」就跑去路邊扯了一株空心草，將葉子摘了，芯子吹乾淨了。又拿自己的肥皂盒，從玉蓮的桶裡舀了些肥皂水出來，教我吹泡泡。我對著太陽吹出滿天的泡泡來，五顏六色的，很是好看。兵給我舀的肥皂水很多，我吹了半天也沒有吹完，倒吹出了滿眼金星。

兵的衣服很少，三下兩下就洗完了。兵洗完了自己的，就來幫玉蓮擰床單。床單很大也很厚，玉蓮拽一頭，兵拽一頭。玉蓮往左擰，兵往右擰。床單就漸漸細小了起來，只剩了中間大大的一個水包，死活不肯癟下去。兵把自己的這頭夾到腋窩下，騰出手來朝水包擂了一拳，水就嘩地流了出來。玉蓮低聲對兵說：「看你的衣服，都濕了。」兵只是笑。

後來玉蓮也洗完了衣服，兵說坐一坐吧，玉蓮就拉著我在石階上坐下。兵從褲兜裡掏出一個小小的鐵盒子，塞進嘴裡，兵的嘴裡就流出了一些咿咿嗚嗚的聲音。後來我才知道，那個鐵盒子叫口琴。兵先吹了一個尖尖的急急的歡歡喜喜的調子，說那是他們家鄉結婚迎親時的曲子。兵說到結婚兩個字的時候臉紅了一紅。後來兵又吹了一個不緊不慢四平八穩的調子，說是他們那裡的求雨調。兵最後吹的是個極慢極低的曲子，嗚嗚咽咽的，彷彿是一汪溪水給堵在了泉眼裡似的。兵吹完了，看著天，卻不說話。玉蓮問這是什麼調呢。兵嘆了一口氣，才說：「思鄉調。」

那天玉蓮洗了很久的衣服才回家。飯桌上，玉蓮的話很少。只吃了小小的一碗飯，就說吃不下了。

陳同志，你說青海這地方，比上海還遠嗎？

玉蓮問我媽。

玉蓮來後的半年裡，我一直都沒有犯病。全家人剛剛鬆了一口氣，夏天裡我卻又進了一回醫院。

是一場流感引起的，發燒發到四十多度。燒到半夜，我開始口吐白沫，說起胡話來。玉蓮嚇得嗓子都變了調，叫醒了我爸我媽，就背我去了醫院。玉蓮到了醫院才發現腳上套錯了鞋子——左腳穿的是右腳的鞋。

進醫院以後的事情我記不清楚了，因為在去醫院的路上我就昏迷了過去，醒來時已經是一天之後了。睜開眼睛我看見我媽玉蓮和我哥都坐在我的床前。我哥把一個糊著牛皮紙的方盒子放到我的枕頭上，說：「給你了。」我知道那是我哥裝香菸殼的盒子。我哥愛收集香菸殼子，從早先的炮台美人頭老刀牌，到後來的前門牡丹飛馬，再到新近的大聯珠工農勞動牌，他都收齊全了。那盒子平日是他的寶貝，碰都不讓我碰一下的。我是從那一刻裡知道了我病情的嚴重性的。

我媽伏下身來，問我要吃什麼。我說要吃醃蘿蔔條。我媽就哄我：「蘿蔔條有什麼好吃的呢？媽給你做蓮藕羹，放好多葡萄乾沙果乾。都是你小舅從新疆寄來的，甜極了。」我對蓮藕羹毫無興趣，有氣無力地堅持要吃蘿蔔條。玉蓮聽了，眉開眼笑地對我媽說：「我說了，腦子沒燒壞。」就把我抱起來，坐在她的懷裡，從兜裡掏出一把細齒梳子來替我梳頭。玉蓮給我梳的是兩根四股辮子，到最後總成一根，用一條紅手絹綁成一個結子。玉蓮一邊梳，一邊問我媽：「陳同志，這孩子常年吃不得鹽，身子骨怎麼能長得硬，抗得了病呢？」我媽嘆著氣，說：「玉蓮這醫學上的事你不懂。」

我在醫院裡一住就是好幾個星期。高燒雖然退下去了，低燒卻持續不斷，一直到入秋時分才漸漸好些。住院的日子裡，除了晚上睡覺，白天玉蓮都來醫院陪我。若逢天色陰涼些，玉蓮就背我到住院部樓下的院子裡走動走動——那陣子我病得身子很虛，連路也走不動了，上上下下都要玉蓮背。院子裡長著一棵遮天蔽日的桑樹，很有些年月了。低矮處的桑葉，都被人摘了餵蠶。高處的葉子，依舊茂密翠綠，濃蔭裡還藏了幾個零星的桑椹。玉蓮踮著腳尖拿枝條打下幾個來，我們分著吃了，吃得一嘴一牙青紫，我看著她笑，她看著我笑。

那天我們在院子裡玩了一個下午，大約是招了點風涼，回來熱度就升高了。護士過來打點滴針，直罵玉蓮蠢。玉蓮不敢回嘴，一味小聲小氣地求：「輕點，啊？找個軟點的地方扎，啊？」護士就給了玉蓮一個白眼：「你來找找，哪還有什麼軟的地方？都扎遍了。」那天護士扎了好幾針才找著血管，扎得特別疼，我扁了扁嘴，想哭，又忍了回去。玉蓮抓了我的手，說：「娃呀，想哭，你就哭吧，哭一小會兒就好。」我問玉蓮：「打了針我就不會死了吧？」玉蓮聽了，不說話，卻流下淚來。

幾天以後，我午睡醒來，突然看見兵坐在我床前的凳子上。兵那天軍裝穿得很是齊整，風紀扣一直扣到領下，綠領口裡露出一絲白襯衫。可是兵沒有戴軍帽——軍帽脫了放在茶几上。兵大約剛理過髮剃過鬍子，頦下鬢邊都是青青的。我有一陣子沒見過兵了，就覺得兵又長高了一些。

兵的手裡提著一個小熱水瓶。兵見我醒了，就擰開水瓶往杯子裡倒東西。兵倒出來的不是水，而是兩根冰棍。兵剝開包裝紙，遞了一根給我，一根給玉蓮。兵買的是那個夏天最貴最好的紅豆奶油冰棍，七分錢一根的。玉蓮不肯吃，遞回去給兵。兵也不肯吃，又遞給玉蓮。兩人推了半天，還是玉蓮推不過兵。冰棍很涼，我和玉蓮咬一口，嘶地抽一口氣。兩人嘶嘶地吃了好久才吃完了。

我就要兵吹口琴。兵果真帶口琴來了。兵先吹了一個〈草原英雄小姊妹〉，又吹了一個〈王二小放羊〉。兵那天吹的歌曲我們都會。兵一邊吹，我和玉蓮就一邊唱。旁邊病房的小朋友聽見了，都圍過來看熱鬧。看得兵和玉蓮臉都紅了，就歇了。我不肯，要兵教我吹口琴。我拿過兵的口琴含在嘴裡，吹了半天才吹出蚊子般的一絲嚶嗡來。玉蓮就對兵說：「剛養好些了，又來這一場病——哪有元氣吹這個東西。」兵看著我只搖頭：「你們南方人太嬌嫩了，要讓我帶去青海，吃幾天粗糧，百病都沒有了。」

那天是個極熱的天，兵又穿得嚴嚴實實的，早捂出了一頭一臉的汗。兵沒帶手巾，只好撩了衣袖來擦汗，衣袖就濕了一大塊。玉蓮拿出自己的手絹來給兵，兵猶豫了一下才接過去，擦完了汗，放在鼻子上聞了聞，就放進了口袋裡。後來玉蓮送兵到門口，我聽見她低聲對兵說：「髒死了，也不還給我。」

後來玉蓮就把針線活帶到了病房裡做。那陣子玉蓮做的活計是繡花。

玉蓮買了兩條大方手絹，一條白，一條青。白的上面繡的是兩隻蝴蝶在一蓬荷花上跳舞。荷花是粉紅的，蝴蝶是金黃色的，翅膀上長著幾個暗紅色的斑點。青的那條手絹上繡的是兩座山，山頂上飄著幾朵白雲，山腳下彎彎曲曲地流著一條河。河邊灰灰地走著幾團東西，像馬，像驢，又像是羊。現在回想起來，這大概是玉蓮有限的視野裡對北方景致最初始的想像了。

我媽看見了玉蓮繡的花，掩了嘴半晌無話。後來才嘆了一口氣，說：「你要生在城裡，也就是一個藝術家了。」玉蓮不知道「藝術家」是什麼東西，但聽得出是句好話，便也嘆起氣來：「我們鄉下人的命啊，沒得怨的。」我媽問玉蓮這手帕是給誰繡的，玉蓮頓了一頓，才說是給姊姊做陪嫁的——玉蓮的二姊要在年底出嫁，一家人都在忙著替她準備嫁妝。

這是玉蓮在我們家撒的第一個謊。

歐陽青海的名字被再次提起，是半年以後的事了。

有一天夜裡，我被尿憋醒，摸了摸身邊，發現玉蓮不在床上，就光著腳跳到地上，四下找玉蓮。當我找到玉蓮時，她正坐在客廳裡哭。其實我是從她的姿勢上猜出來她在哭的——玉蓮哭的時候從來沒有發出過聲響。玉蓮用一條手帕堵住了嘴，脖子一抽一抽地似乎要背過氣去，頰上歪歪斜斜地沾著幾縷濕頭髮。屋裡不止是玉蓮一個人。我還看見了我爸我媽，隔壁的王阿姨夫妻，還有一個兵。我仔細地看了一眼才看出這個兵並不是那個兵。這個兵個子比那個兵小，臉也白淨一些。這個兵的軍裝上有四個口袋，而那個兵只有兩個。我馬上知道了這個兵是個官，是管那個兵的。

屋裡的人都在看玉蓮哭，卻一直沒有人說話。兵呵呵地咳嗽了好幾聲，從喉嚨裡濕濕地咳出一口痰來，沒地方吐，又咕嚕一聲嚥了回去，輕聲說：「歐陽青海年底就要復員了。群眾影響，咳，這個群眾影響。」

我爸對兵一連點了好幾個頭，才結結巴巴地點出一句話來：「是我們咳，咳，沒管好。」王阿姨憋不住，咚地站了起來，說：「誰沒管好誰呀？他一個解放軍，我們一個老百姓。只聽說老百姓學解放軍的，沒聽說解放軍學老百姓的。軍民魚水情，也不是這個情法呀。」眾人聽了，想笑又不敢笑，眉眼就有些歪歪咧咧的，不怎麼好看。王阿姨的手指，又直直地戳到玉蓮鼻子上：「祖宗你說句話，你讓我怎麼跟你娘交代？」玉蓮依舊不說話，只是把氣抽得更急了。

　　那天晚上玉蓮過了半夜才上床。玉蓮上了床，脫了衣服，關了燈，卻又不睡下。玉蓮用兩手抱了兩腿，將臉抵在膝蓋上，一動不動地呆坐著。那夜是個大月亮夜，西北風溜過窗欞格，發出細碎的聲響，樹影鬼魅似地在牆上舞動著。月光裡玉蓮的臉色很白，像紙，像牆，也像石頭。我突然害怕起來，就爬過去偎到玉蓮的腿上。玉蓮將棉被抖開，在我們身邊實實地圍了一圈。在這樣溫軟的包圍中，我們坐了很久，卻沒有說話。後來我伸出手來尋找玉蓮的手。我一把摸到了玉蓮掌心一個硬硬的物件，這個物件已經被玉蓮的體溫捂得幾乎有些發燙。

那是一把口琴。

玉蓮是第二天下午回龍泉的。

從前我淘氣的時候，玉蓮也多次說過要走的話。我當然知道那只是一種威脅。可是這次玉蓮什麼也沒有說。然而當我看見玉蓮在收拾那個紅花細布包袱的時候，我一下子意識到事情已經完全沒有挽回的餘地了。

那天玉蓮像往常一樣餵我吃午飯。我的菜依舊是分開單做的。那天我吃的是米飯和雞蛋豆腐羹。我一輩子都沒有吃過那麼好吃的雞蛋豆腐羹，又白淨又鬆軟，上面鋪了一層碧綠的油汪汪的蔥花。我三口兩口就吃完了，像家裡那隻貓那樣把碗舔得乾乾淨淨。那天我從那碗豆腐羹裡嚐出了一種久違了的味道，過了一會兒我才明白過來那是鹽味。我媽驚異地對玉蓮說：「什麼時候見她這麼吃過飯？總得哄上半個時辰才肯吃一兩口的。」

玉蓮看著我笑了一笑，沒有說話。我也看了玉蓮一眼，沒有說話——這是我和玉蓮之間的一個小祕密。

收拾了飯碗玉蓮蹲下身來，掏出兜裡的手帕給我擦嘴巴擤鼻涕。「阿玲你是大孩子了，小孩子才哭，大孩子是不哭的。」後來她站起來，也不看我媽，低頭盯了腳尖，嚅嚅地說：「陳同志你放心，我這次回龍泉，這事就算了結了——看把你們連累的。」我媽嘆了一口氣，說：「別怪我們，都是為你好。那地方太苦，不是我們南方人去的。」就從抽屜裡拿出一張鈔票，硬往玉蓮手裡塞。玉蓮死活不肯要，兩人推來推去的，直推得面紅耳赤起來。後來我媽指著我，說：「去，叫玉蓮阿姨收下來。」我走過去，抱住了玉蓮的一條腿。玉蓮啞啞地叫了一聲：「阿玲。」才將票子揣進貼身的衣兜裡，回屋拿了包袱就走出門去。

玉蓮走的時候穿的還是那件蔥綠燈心絨棉襖，那條海藍燈心絨棉褲，那雙黑布棉鞋。她的眼睛微微有些紅腫，可是她頰上的酒窩使她的臉看起來依舊像藏了些隱隱的笑意。一切似乎都和她來的那天一樣，而一切又都不一樣了。來的時候玉蓮是一張白紙，去的時候這張紙上已經有了景致了——而且是很深的景致。

我倚在門口看著玉蓮跨下門檻，走到街上。她走過了一棵樹，又一棵樹。當她走過第五棵樹的時候，我終於撕心裂肺地哭了起來。她停了一停，卻沒有回頭。風呼呼地撩撥著她的辮子，後來她的棉襖就漸漸地變成了一個綠點子。

玉蓮走後一直沒有消息。半年以後，我們突然收到了一個蓋著青海郵戳的包裹。包裹裡是兩件手織的女童毛衣。一件大紅，一件翠綠，紅的那件前襟縫了一頭鴨子，綠的那件袖口繡了兩隻白兔。毛衣口袋有一個小信封，信封裡是一張用薄信紙包著的兩吋黑白照片——是玉蓮和兵的合影。

兵依舊穿著軍裝戴著軍帽，只是沒有了領章和帽徽。玉蓮梳著兩根粗辮子，穿的是一件花夾襖，脖子上圍了一條紗圍巾。兩人坐得板板正正的，肩抵著肩，臉上闊闊的都是藏不住的笑。

信紙上卻沒有一個字。

我媽拿了照片翻來覆去地看，看完了就感嘆：「到底還是沒斷了。」我爸便搖頭數說我媽：「你管他們呢。苦不苦的，樂意就行。你跟著我受得苦還少嗎？偏你樂意呢。」我媽啐了我爸一口，卻又忍不住笑：「你說玉蓮這丫頭是不是長得有點像王丹鳳？」

後來玉蓮斷斷續續地和我們通過幾封信，信很簡單，都是些問好的話。關於自己的情況，她一筆帶過，沒有細說。倒是從王阿姨那裡，我們輾轉聽到了些故事。歐陽青海復員後回到原籍，分配到縣城的一家伐木廠工作。玉蓮是從龍泉家裡偷偷跑出來，坐了幾天幾夜的火車到青海成婚的。玉蓮在龍泉的娘家傷透了心，就一直不肯認這個女兒。直到玉蓮生下第一個孩子，滿月後兩口子帶著孩子回龍泉認親，娘家人見生米已經煮成了大熟飯，才漸漸恢復了聯繫。

玉蓮的頭胎是個男孩，跟著他爸的名字叫了小海。第二胎是個女孩，也跟著她爸取名叫小青。玉蓮做了娘之後，就一心在家帶孩子。幸虧歐陽青海的工資不算低，一家人日子湊合著還過得下去。只是沒過上幾年太平生活，家裡就出了大亂子。歐陽青海在廠裡卸貨時被一根木頭壓傷了腰，縣城省城都去過，治了好幾年，時好時壞的，就成了半個廢人。廠裡雖然每月發些補貼，孩子一大就不夠用了。玉蓮只好靠給廠裡的工人漿洗縫補衣服掙些家用。偏偏禍不單行。女兒小青十歲那年，突然得了腦膜炎，被廠裡的醫務室給誤診了。後來找了輛板車將孩子推到縣醫院，在半路上就斷了氣。玉蓮哭女兒哭傷了身子，精神頭就大不如從前了。

我媽每次和王阿姨說起玉蓮來，神色就免不了有些黯然。都嘆紅顏薄命，女人長得出挑些，一生就多坎坷。不如那長相普通平常的，反倒能過一輩子太平日腳。

玉蓮那次在溫州住了五天，我媽拿了兩百塊錢，讓我帶玉蓮上街買點東西。那時溫州的個體企業已經很發達了，國營商店倒是門可羅雀。我領玉蓮去了一個叫妙果寺的個體商場，在五彩繽紛光怪陸離的女裝世界裡玉蓮目瞪口呆，不知所措。我挑了幾件衣服讓她試，她比了比就放下了，說：「這麼小的腰身，給小雞兒穿還差不多，人哪裡穿得進去。」周圍的人聽了，都竊竊地笑——玉蓮似乎完全沒有意識到「雞」這個詞在南方文化裡的涵義。後來她就直直地朝童裝店鋪走去。她在童裝店鋪裡待了很久，大大小小春夏秋冬四季的都買了幾件，捆起來就是沉甸甸的一包。我問玉蓮買這些衣服做什麼——小海才上高中，離做祖母還遠呢。玉蓮說是買回去做樣子的——她想開個童裝剪裁鋪。我建議她不如做批發生意，轉手快，又有我哥在這邊幫她訂貨發貨。玉蓮連連搖頭，說：「他爸這個身體，我哪脫得開身來做大事，只能在家裡小打小鬧的。」

買完衣服，我問玉蓮還想去哪裡轉轉。玉蓮頓了一頓，才說你帶我去老地方看看吧。其實市委機關兩年前就遷到新城區了，當年的舊址現在已經成了一片建築工地。我們轉了幾個圈才找到了從前的家屬區。那個家屬大院早連根拆除了，取而代之的是一幢拔地而起的高級住宅樓。樓才起了一半，鋼筋混凝土隔成的方塊裡，不時地有人在走來走去。那個自來水龍頭還在，卻早鏽得斑斑駁駁的，擰不出水來了。那幾級石階也還在，只是爬滿了暗綠色的青苔。玉蓮從衣服堆裡抽出一個塑料袋，扯開了鋪在台階上，我倆就坐了下來歇腳。天色晚了，太陽像個碩大無比的火輪盤，墜掛在樓頂上，將樓抹了一頭一臉的血。風一起，就有黑壓壓一片的鴿子，呼呼地從頭頂飛過，鴿哨聲嚶嚶嗡嗡地響了很久，不絕於耳。

阿玲，你有相好的嗎？

玉蓮突然問我。

玉蓮在青海待了這麼多年，話語裡自然帶了些北方腔調。聽到「相好」這樣的詞，我忍不住想笑——這個詞讓我無法不產生一些粗俗的諸如野合之類的聯想。可是那天我並沒有笑。不知怎的，我就和玉蓮說起了鐵木辛。

鐵木辛是電機系帶職研究生班的學生，蒙族人。我們倆是在組織學校的國慶聯歡時認識的。他是唯一一個不肯哄我的男人，所以他就成了世上唯一一個讓我動心的男人。我們已經暗地裡談了兩年的戀愛了。今年年初他結業回到了赤峰，我們熾熱的聯絡在我畢業前夕突然冷卻了下來。我知道這是鐵木辛在試探我。鐵木辛祖祖輩輩生活在赤峰，他絕對不會離開那個生他養他的地方。我們之間唯一的可能就是我畢業後也去赤峰。鐵木辛知道這個選擇的分量，所以他把這個選擇完完全全地丟給了我一個人，他要我獨自為此承擔所有的責任。其實我一直都在期待著他的一聲呼喚，有了他的呼喚我會跨越萬水千山義無反顧地投入他的懷抱。

可是他一直保持著沉默。

玉蓮聽了長長地鬆了一口氣，說：「沒找你就好。你哪抗得住他來找你呢？赤峰那個地方，咳。」

我愣了一愣，才問玉蓮是不是後悔去了青海。玉蓮不說話，卻從口袋裡掏出一包菸絲來，慢條斯理地捲了一支菸。捲好了，放進嘴裡，才含糊不清地笑了一聲：

「你說現在這些兵，哪能和那時候比呢？」

沉茶

æ

茶室是新開張不久的，在城裡的黃金地段。門簾上掛了很多風鈴，風吹過，滿屋脆響。空氣被鈴聲擊碎了，帶著乍醒的顫慄。

天還早，還沒到喝茶嗑瓜子聊天的時辰。沒有客人，老闆娘便靠在櫃台上繡花。老闆娘繡的是蝴蝶。老闆娘已經繡了很多隻蝴蝶了，都鑲了框掛在牆上，橫橫豎豎的，隻隻形狀相似，唯一的區別是顏色。老闆娘手裡的這一隻蝴蝶是蛋青色的。蛋青只是一種模糊的說法，其實從白到青，中間還有很多種的顏色。這些細緻的色彩過渡使得蝴蝶有了立體感，彷彿輕輕一碰，就要從布上飛下來。

老闆娘最初是不喜歡繡花的。繡花是醫生的囑咐——老闆娘的手不是很好使，試過多種藥都不管用。醫生說繡花可以鍛鍊手臂和指頭的協調。開始只是一項任務，後來就成了一種習慣，習慣漸漸成了自然，自然裡又漸漸地滋生出一些歡喜來，老闆娘就一年一年地繡了下去。

門簾一掀，進來了第一個客人。

客人是個四十上下的男子，看上去是外鄉人，很可能還是北方人，臉頰上帶著些粗礪的潮紅，衣著髮式都缺乏江南的精緻和入時，鞋面上浮著一層形跡可疑的不屬於這個城市的泥塵。老闆娘的茶室離火車站很近，老闆娘的客人大多是奔走在路上的人。所以老闆娘站起來，走過去，很自然地問了一聲：

「昨晚火車上沒睡好吧？」

老闆娘的語氣很溫存，瞬間熨平了旅途的皺摺。男人忍不住抬頭多看了一眼，就發覺老闆娘很是高挑，腿彷彿直接長在了腰上。一頭長髮如潑墨，在腦後用一個塑料卡子鬆鬆地挽起，漏了幾根髮絲，從額上一路垂掛到脖子裡。穿了一件黑色緊身薄毛衣，脖子上圍了一圈細細的豆花項鍊，也是黑色的——走近了才看清是紋身。男人心想這個城市的女人，果真是很時髦的，尤其是這樣別出心裁的紋身。就笑了笑，對老闆娘說在不在路上，我都睡不好，習慣了。

老闆娘遞給男人一份茶點價目單，說喝點什麼提提神呢，一天才開始呢。男人看也不看，就擱在桌子上，說我不喝那些勞什子的茶。有茶葉末嗎？鄉下人帶到城裡，街頭叫賣五毛錢一把的那種，帶了些泥塵味的，那才叫真茶。

老闆娘捂著嘴吃吃地笑了起來，指著男人說你這位先生真怪，現在誰還喝那個呢，那是從前窮人家喝的。不過我也愛喝那種茶呢，我給你泡一杯我自己的茶，不收你錢。又問男人要些什麼小吃不？男人說來一碟油松豆，八成焦的，撒細鹽——不要粗鹽。再來一碟冰鎮楊梅，最好去過核的，也來些細鹽，不灑在上面，另裝一碟，蘸著吃的。

老闆娘暗暗驚詫客人的精道。就去了廚房。再出來，手裡就多了一個托盤。將茶點放下了，就靜等著那些渣渣滓滓的茶葉末子慢慢地沉到杯底。待客人終於喝起了第一口茶，老闆娘就依舊坐回去繡花，兩人隔著櫃台有一搭沒一搭地說著些閒話。

你怎麼也知道鹽比糖鎮酸呢？老闆娘問。

男人挑了一顆楊梅，蘸著鹽慢慢地咬著，半天才說：

「這是跟我女朋友學的。她那張嘴，才叫那個刁呀。熬粥的米，一定要碾碎了才煮，六分碎的樣子，多一分不行，少一分也不行。蝦背上的那根筋，剩了一絲也吃得出來。橘子得掰成瓣，把核一粒一粒地掏了，才肯吃。我說她這張刁嘴，除了我誰應付得了。」

老闆娘看見男人的兩道眉間輕輕地團了一個結，就笑了，說女人嘴刁一些，也不是什麼大毛病。我們家那口子，也這樣說我。所以我就開了這個店——其實一天有幾個客人呢，還不是變著花樣填了自己的嘴。

男人被老闆娘逗笑了，眉心的那個結如水紋漸漸蕩漾開來。

你的那口子，也給你剝橘子嗎？男人問。

男人的這句話是用當地方言說的。男人的方言說得基本地道，只是微微地有些緩慢吃力。

你也是我們這個地方的人？老闆娘吃了一驚。

男人沒有回答。老闆娘以為男人沒聽清，就又重問了一遍。男人依舊沒有回答。

男人的回答是過了很久才來的，那時男人杯裡的茶只剩了一個底，細碎殘缺的葉子，在杯底鋪了一層不成形狀的黑綠。

十年了，我在青海待了十年。第一次回鄉。

老闆娘知道這是一個故事的開頭。老闆娘也知道，最適宜這種故事的聽法，就是沉默。便起身給男人續了水，又將自己的凳子挪得離男人近了一些，也不催，卻依舊繡著手裡的花。

我是土生土長的本地人，在這裡上的小學中學大學。大學畢業了，本來是想到外邊看世界的，可是女朋友是獨生女，父母捨不得她出遠門，我也就走不成了。

女朋友是讓父母給慣的，很是嬌氣。嬌是嬌些，卻不嫌我窮。那時我大學剛畢業，沒有錢，也沒有本事，有的只是膽氣，非要自己開公司。背了山一樣的債，誰見了誰怕，可是她不怕。

她雖然不怕，她父母卻是怕的。那時候要不是她媽拚了老命阻攔我們結婚，哪還會有後來的事？

老闆娘想起自己結婚時，母親淚流滿面扶著轎車門死死不肯鬆手，很有幾分昭君出塞的意思，便忍不住叫起屈來。「這不能怨她媽——她也是為了子女好。天下做媽的，你讓她把心挖出來搭救子女，她也是願意的。」

男人突然不往下說了，卻盯著老闆娘脖子上的那串紋身，問：「很疼吧，紋刺的時候？」老闆娘摸了摸脖子，說好久以前的事，不記得了。我脖子上有塊疤，紋了就遮了醜——女人為了好看，什麼都肯做，即使是疼。

男人笑了笑，暗想這個女人的可愛之處，就在這些倩巧的誠實上。誠實若失去了倩巧，大約也僅僅是美德而已，天下美德沒有幾樣是可愛的。

那些日子真是苦呢。男人說。沒日沒夜的工作，連飯也顧不得吃。她下了班，街上買一碗蝦仁麵帶過來，細細地把蝦背上的筋挑乾淨了，再給我吃。有一回我出差，回來時誤了車，夜裡兩點才到家。她捧了一碗蝦仁麵，蜷在沙發上睡著了，湯灑了一身也不知道，麵早漿成了硬硬的一坨——她媽還不知道怎麼在家等她呢。那天我就對自己說，這樣的女人，我一輩子都得對得起她。

過了三年，我的公司狀況漸漸好轉，資金也開始流動起來。她媽終於應允了我們的婚事。那天她見到我，衝過來，猴子一樣地掛在我脖子上，一遍又一遍地說哥哥哥哥我以後再也不用回家睡覺了——她從來不叫我的名字，人前人後就是哥哥哥哥的，像陝北農村的媳婦，熱辣辣的，一點也不害臊。

老闆娘卻聽得臉紅心跳起來——不知自己年輕的時候，是否也這樣癲狂過呢？

誰會想到，就在婚禮前一個星期，她出了那樣的事。

那天我們一起上街去購買新房所需的各樣東西。她看見街對面的櫥窗裡擺設著一幅窗簾樣品，丁香花的底，印著各樣的蝴蝶。那顏色，那樣式，在那個時候就算是很新奇的了。她實在是太喜歡了，扔下我就跑過街去。這時，有一輛貨車拐彎過來，沒看見她，就把她撞倒了。

她傷得很重，從頭到腳，沒有一處是完好的。肋骨斷了三根，有一根倒插在肝上。搶救了整整一個星期，才總算救了過來。

老闆娘鬆了一口氣，懸浮在喉嚨口的那顆心，咚的一聲落到了實處。

「後來，你們結婚了嗎？」

男人搖搖頭，眉心的兩道皺紋，又漸漸團成了緊緊的一個結，像發壞了的麵團，再也撐不平了。

她醒過來，卻認不得我了，也記不起車禍前後的事了。開始也只是冷淡，到後來，竟一見到我就抱頭哭嚎，誰也勸不住——醫生說是車禍那一刻存在她潛意識裡的恐懼印象。為了不進一步刺激她，醫生建議我最好暫時避開。我問要避多久？醫生說也許十年，也許二十年，也許一輩子。她母親聽了，就很鄭重地對我說：你要是真喜歡她，就等她十年。

十年了，今天是整整十年。

男人囁嚅地說。男人似乎被這個數字嚇住了，連嘆息也變得含混起來。

這時電話響了，是老闆娘的丈夫。聽見妻子隔著一條電話線的濕潮嗓音，就問怎麼啦？老闆娘擤了擤鼻子，說沒什麼，聽了一個故事。丈夫就在那頭笑，說都快四十歲的人了，看電影也哭，看電視也哭，聽故事也哭，哪來這麼多眼淚。老闆娘有些不好意思，辯解說：「這個故事，真的很感人。」

丈夫打電話來，其實是提醒老闆娘下班看醫生的事。老闆娘說知道了知道了，早上出門的時候你不是提醒過了嗎？老闆娘嘴上有些不耐煩，臉上卻都是軟軟的笑。

老闆娘放下電話，發現客人不知什麼時候已經走了，桌子上放著一張百元大票。杯子又見了底，茶葉末子在殘水裡奄奄一息。老闆娘匆匆追出去，發現男人已經走遠了。男人走路的樣子像一隻高瘦的鴕鳥，在風裡一拱一拱的，漸漸地就成了街景裡的一粒粉塵——便猜想男人大概是去找女朋友去了。

但願一切都順利呢，這一回。

老闆娘捏著那張帶著男人體溫的鈔票，喃喃自語。

男人此刻已經走在鬧市區最熱鬧的那一段了。車流帶著陌生的繁華從他身邊駛過，太陽高了，樹影漸漸地薄了起來，知了在聲嘶力竭地唱著一季裡最後的曲子。男人掏出手帕揩著額上的汗，身子飄飄的，彷彿沒了腿。

十年了，她還記得窗簾上的那些蝴蝶呢。男人想。

新人間叢書264

心想事成　張翎短篇小說集

作者—張翎
主編—李麗玲
責任企劃—金多誠
封面設計暨內頁設計—陳恩安
內頁排版—吳詩婷
總編輯—曾文娟
董事長
總經理—趙政岷
出版者—時報文化出版企業股份有限公司
10803臺北市和平西路三段二四〇號七樓
發行專線—（〇二）二三〇六—六八四二
讀者服務專線—〇八〇〇—二三一—七〇五
（〇二）二三〇四—七一〇三
讀者服務傳真—（〇二）二三〇四—六八五八
郵撥—一九三四四七二四時報文化出版公司
信箱—臺北郵政七九～九九信箱
時報悅讀網—http://www.readingtimes.com.tw
電子郵件信箱—ctliving@readingtimes.com.tw
時報出版臉書—https://www.facebook.com/readingtimes.fans
法律顧問—理律法律事務所　陳長文律師、李念祖律師
印刷—盈昌印刷有限公司
初版一刷—二〇一七年六月二日
定價—新臺幣二八〇元
（缺頁或破損的書，請寄回更換）

時報文化出版公司成立於一九七五年，並於一九九九年股票上櫃公開發行，於二〇〇八年脫離中時集團非屬旺中，以「尊重智慧與創意的文化事業」為信念。

國家圖書館出版品預行編目（CIP）資料

心想事成：張翎短篇小說集/張翎著. -- 初版. -- 臺北市：時報文化, 2017.06
面；　公分. -- (新人間叢書；264)

ISBN 978-957-13-7019-4(平裝)

857.63　　106007382

原書名：《雁過藻溪》
作者：張翎
本書中文繁體版由作者經光磊國際版權經紀有限公司授權時報出版公司在全球（不包括中國大陸地區但包括香港、澳門）獨家出版、發行。

ISBN 978-957-13-7019-4
Printed in Taiwan